LA BELLA OTERO

Reina del varieté

NARRATIVAS HISTÓRICAS

Las imágenes que ilustran las tapas y contratapas de los libros de la colección Narrativas Históricas no necesariamente responden a la fisonomía real de los personajes que aparecen en estas novelas.

PEDRO ORGAMBIDE

LA BELLA OTERO

Reina del varieté

EDITORIAL SUDAMERICANA
BUENOS AIRES

Diseño de tapa: María L. de Chimondeguy / Isabel Rodrigué

IMPRESO EN LA ARGENTINA

Queda hecho el depósito
que previene la ley 11.723.

Humberto I° 531, Buenos Aires.

www.edsudamericana.com.ar

ISBN 950-07-1944-4

I

"La realidad es miserable", piensa esa vieja casi centenaria que mira el mar en la costa de Niza. El aire salobre le trae el recuerdo de un largo viaje, de un pasado esplendor, tan ilusorio como ese castillo de arena en las manos del chico que la ve pasar como a un fantasma. Tal vez lo es, "quizás soy un fantasma" dice la mujer que alguna vez corrió desnuda por la playa y se internó en el mar como una sirena. Cuando era joven, claro está, cuando era una diosa ante la que se arrodillaban los reyes y príncipes de Europa "y los millonarios del Nuevo Mundo, del Imperio de Oro", se ríe y se solaza la vieja que mira el mar en la costa de Niza. Se ríe sola ya que no tiene con quien hablar, con quien reírse ahora, cuando han muerto los reyes y los príncipes que la adoraban y cubrían su cuerpo con joyas y caricias. Ya no. El tiempo es cruel y la realidad es miserable. Se lo decía Manuel, el argentino, cuando vivía en Niza, viejo pícaro, viejo mentiroso, que le prometió que iba a escribir su historia, mientras recibía los favores de una muchacha quinceañera. Mejor así: sólo ella puede contar lo que ocurrió. "Puedo mentirme sola", se dice quien fue la Bella Otero.

¿La verdad? ¿Qué verdad quiere que le cuente? Porque verdades hay muchas y todas comienzan en el momento de nacer o, si lo prefiere, unos meses antes, cuando mi padre y mi madre se conocieron en España. Mi padre era un noble oficial griego, emparentado con las principales monarquías. Un hombre muy apuesto, alto, de mirada febril, de esos que anticipan el deseo con sólo mirarlos. Lo beneficiaban la juventud, la fortuna, la curiosidad por las comidas, los vinos, las mujeres. Me gusta ese hombre. Me encanta imaginarlo frente al espejo como un joven Narciso, contemplándose desnudo. Yo heredé esa costumbre. Amé mi cuerpo antes de que lo desearan otros. Soy como él. Lo adivinó mi amiga Colette cuando me vio contemplándome frente al espejo y observó mis pechos “como limones alargados, firmes y con los pezones dirigidos hacia arriba”.

Ella venía del país de los limoneros y tenía la piel de aceituna. Ella, mi madre, venía de la patria del desierto, del canto de los faraones, de los carromatos, del azar, de la vida nómade de los de su raza. Yo soy hija de esa mujer, de esa gitana que sedujo a mi padre. Ella era bella, no yo. Era bella de una manera superlativa, exagerada, sin cálculo. Dicen que de verla los hombres ardían y se la disputaban con cuchillos y navajas. A mi padre le bastaron los besos. Dicen que se la llevó en un barco y que durante la travesía le recitaba el Cantar de los Cantares del rey Salomón y que le ponía nombres y semejanzas a cada parte de su cuerpo. Ella fue entonces la gacela, la paloma, la sahumada de mirra e incienso, la de los pechos como dos cabritos apacentados entre azucenas, mejor que el vino y el olor de los ungüentos. Aquella amante fue mi madre y ella soy yo.

La Bella Otero cuenta su historia como si hubiera sido así y uno no es nadie para desmentirla, si no fuera por esos datos tan prosaicos, tan mezquinos de la realidad. Ella dijo que se llamaba Carolina Otero y que su padre era un noble oficial griego y su madre una gitana. Y yo le creo aunque los papeles digan que se llamaba, en verdad, Agustina Iglesias y que había nacido un día de 1868, de padre desconocido, en el pueblecito de Valga, en la provincia de Pontevedra, en Galicia. ¿Quién se acuerda de eso? ¿A quién le importa? Ya no viven sus cuatro hermanos, pobres e inmigrantes como la pobre Agustina. “Ésa no soy yo”, puede pensar la Bella Otero. No, ya no. Pero en un rincón de su memoria, oscuro como el sótano del zapatero del pueblo, ella es Agustina y está llorando.

Ya no se oyen en la casa las voces de los hombres. No están en los campos ni en el mar. Se han ido lejos, a las tierras de América. Primero Luis, el mayor, que la levantaba en sus brazos y ella creía que tocaría el techo y las nubes, mientras Luis se reía con la boca muy grande y los dientes muy blancos. Después partió Felipe, el más alegre, el que alborotaba a las mozas en la kermesse, el tocador de gaita.

Más tarde se fueron Diego y Martín, muy jóvenes, casi niños, a los que vio partir por el camino largo, hacia el puerto, cada uno con su bulto de ropa. Ya no están y la madre no habla de ellos. Como si no hubieran estado en la casa, como si no fueran a volver, como si sus nombres hubiesen quedado suspendidos en el tiempo para apagarse un momento después, como las luciérnagas del campo.

Al anochecer, ella sale a juntar luciérnagas con su amiga Ramona. Las dos chicas las persiguen, las cazan con sus manos, las colocan en sus frascos de vidrio. Como lámparas. Como los faroles que alumbran la kermesse.

—¡Agustina!

Oye la voz de la madre y sabe que debe regresar. La madre dice que no debe andar por ahí como si fuese una perdida.

Si hubieran estado los hombres de la casa, la historia hubiese sido otra. Pero ellos se fueron. Ella ayudó a su madre cuanto pudo. La ayudó en el cultivo de la era y en los trabajos de la casa, lavó la ropa de las dos, fregó el piso, encendió el fuego. Hablaban poco y cuando Agustina preguntaba por sus hermanos, la madre imponía silencio. "Los hombres saben lo que hacen", se limitaba a decir.

—¿Volverán, madre?

—Algunos vuelven, otros no. Así son los hombres, Agustina. Toma la sopa y cállate.

La anciana que mira el mar intuye que no ha entendido a los hombres todavía, y que es muy poco una vida para comprenderlos. Hombres poderosos se inclinaron sobre su cuerpo como mendigos, como promesantes. "Los tuve a mis pies", dice y todavía siente el placer de haber reinado sobre sus flaquezas, sobre la ambición desmedida de los machos que quisieron someterla. Y, sin embargo, en un rincón de su memoria, oscuro como el sótano del zapatero, ella, Agustina, llora de dolor. Tiene once años y llora sobre su propio cuerpo. Está semidesnuda, en el sótano, con el vestido manchado de sangre. El zapatero, el violador, le ha fracturado la pelvis. Es un dolor insoportable. "Me llevaron al hospital, quedé estéril para siempre", recuerda la vieja que observa el mar, el final de una ola que destruye el castillo que hizo un chico en la playa.

—Me deshonraste, hija, me trajiste la vergüenza.

Ella trató de explicarle lo que había ocurrido, cómo el viejo zapatero la empujó entre su mesa de trabajo y las botas y los zapatos de su tienda, cómo forcejearon en la oscuridad, ella y el viejo que olía a cuero y alcohol "y a pestilencia, madre, se lo juro".

—Me deshonraste —dictaminó la madre de Agustina.

La chica lloraba frente a su madre y unas vecinas vestidas de negro, que se santiguaban y meneaban la cabeza. "Cuervos, eran cuervos", piensa la anciana al recordar ese momento y a la monja que llegó después y se encerró con su madre en la cocina.

—Prepara tu ropa. Te tienes que marchar —ordenó la madre.

Subió al coche, junto a la monja.

Vio su pueblo, las casas grises de piedra, las nubes rojizas que se desangraban en el atardecer.

El convento de las monjas Oblatas fue construido al pie de una colina. Dicen que pudo ser una fortaleza, que tiene siglos de estar allí, siempre al servicio de la Iglesia. Ahora cobija a un grupo de jóvenes descarriadas, ovejas negras del rebaño. Llegan allí desde diferentes pueblos de Pontevedra y también de más lejos. Allí se aprende la obediencia. Bien temprano, en el amanecer, las jóvenes salen a cultivar la huerta, bajo la mirada vigilante de las monjas. Más tarde, puertas adentro, transcurren las horas de labores, tareas domésticas, plegarias y penitencias. Estas últimas terminan por soliviantar el ánimo de las pupilas. Las monjas saben que entre las indóciles encontrarán a Agustina, quien se niega a obedecer. "Terca como una cabra", dice la madre superiora.

—Me iré de aquí —promete la muchacha.

La Bella Otero recuerda a don Sebastián, el imaginero, que llegaba al convento con una bolsa llena de ángeles y santos y los distribuía sobre la mesa como si fuese un escenario; recuerda las imágenes de los Reyes Magos y el niño Dios en el pesebre, los camellos, la estrella de Belén. Ella se acercó, deslumbrada por aquellas figuras, como juguetes sagrados en el día de Navidad. Los tocó, temblorosa.

—¡Saca las manos de allí! —oyó que le decían.

Pero no podía apartarse de las figuras del imaginero. Para la Bella, aquellas figuras prenunciaban otra epifanía, una ceremonia profana: la del teatro, que ella intuyó sin saber todavía su nombre.

Hay un graznido de gaviotas al final del verano. La Bella siente el escalofrío que anticipa el otoño. Camina descalza por la arena. Ve, a lo lejos, la silueta de un edificio que le recuerda el convento de monjas. Cierra los ojos. Ve, otra vez, los largos corredores, el falansterio, el enorme cuarto con las camas de fierro y la monja que se pasea, vigilante. Se ve a sí misma cubriéndose con la manta, temerosa de sus propios pensamientos. Porque el cuerpo ha crecido en la desmesura de las caderas y la tibieza del vientre y de los muslos firmes. Y ella toca esos territorios, ella se enciende al contacto de su mano.

—¡De pie, Agustina! —ordena la monja.

Y la muchacha se levanta, camina en fila con las otras descarriadas, reza el rosario de sus culpas, se arrodilla sobre la alfombra de sal.

A la noche, amparada por la oscuridad, huye del convento. Hay como una lluvia de estrellas en el cielo, como el ladrido de mil perros juntos, como el fuego de las antorchas en las festividades de San Juan, como ojos de arpías en el descampado y en el monte. Se siente sola y gime. Tiene miedo de que la encuentren, de que la azoten, de que le pongan el cilicio y mortifiquen su carne. Tiene miedo del mundo.

II

La encontraron desmayada frente al portal de la casa. Las hermanas María de los Ángeles y Victoria Vilela creyeron que se las había enviado Dios, porque en esos días necesitaban los servicios de una criada, una chica de catorce o quince años como esa que estaba tirada frente al portal. Así que la reanimaron y la llevaron dentro de la casa y le mostraron la cocina y el patio y las habitaciones de las señoritas y el cuarto donde ella iba a dormir después de cumplir con su trabajo. No hablaron de paga pero sí de un techo y de comida. Y ella dijo que sí, movió la cabeza como los asnos cuando caminan por la cuesta, en una muda aceptación de la vida que les toca en suerte. Agustina (Agustina Iglesias que no era aún la Bella Carolina Otero) observó el camastro en el que descansaría sus huesos al fin de la jornada. Era un futuro como cualquier otro. Lo aceptó con resignada complacencia, ya que, por otra parte, nadie pedía su opinión. Un cuarto de paredes encaladas, una celda monacal, es un buen escenario para la virtud, a no ser que a una le suban los calores de la siesta. Si eso ocurre, si el demonio se mete en ese cuarto, no será por culpa de las señoritas María de los Ángeles y Victoria Vilela, sino por la mala índole de la muchacha. "Así de simple", como dijo el joven cura que oyó su confesión.

Celestino, el confesor de las hermanas Vilela, se parecía a San Luis Gonzaga. O al menos así lo veía a ella, cuando el sacerdote llegaba a la casa de las señoritas para compartir el chocolate y los chismes del pueblo. Ella trataba de escuchar lo que decían, averiguar el sentido de esas risas que para ella tenían un aire pecaminoso. Lo cierto es que cuando ella se acercaba, podía ver los rostros enrojecidos de las señoritas, la mirada de furia de María de los Ángeles, que la fulminaba por su presencia inoportuna. Se encerraba entonces en su cuarto y creía oír una algarabía en las otras habitaciones, pasos, carreras, ruidos de muebles y la persecución del sacerdote a las señoritas (o de ellas a él) hasta que rodaban en sus camas de escándalo. Aunque quizás no fuera así, quizás se trataba de imaginaciones de una chica calenturienta, que sueña lo que no se debe. Un sueño, al menos, persistía en las noches: ella estaba con el padre Celestino en el paraíso terrenal y el Edén era como el cromo que había visto en la tienda de don Sebastián.

Nada comentó don Sebastián al ver a Agustina. Uno puede sospechar que la reconoció, que supo que ella era la chica que había huido del convento, pero quizá ignoró esa circunstancia, ya que el imaginero era muy distraído. Además, su clientela se dilataba por diferentes regiones, por los numerosos pueblos donde había una iglesia o un convento. Al entrar en la tienda, Agustina se encontró no sólo con las figuras de los ángeles y los santos, sino también con otras: un soldado sarraceno, una gitana, dos músicos ambulantes, un ciego, un mendigo, un lisiado, un herrero y su fragua, y marineros y pescadores y una sirena. Todos mezclados. Había un barquito en una botella y mapas de navegación. La tienda olía a libros viejos y a pintura fresca y desde allí emergía don Sebastián. Dejaba que la chica recorriera la tienda. Se sentía complacido como todo artista cuando alguien admira su obra.

—Mira, mira todo lo que quieras —le dijo el imaginero, quien le regaló un ángel al final del recorrido.

Ella miraba el cuadro del Paraíso Terrenal, la pintura más heterodoxa y herética del imaginero Sebastián Palomares. Al verla, Agustina sintió una voluptuosa agitación, una leve y gozosa sensación parecida a la felicidad. No podía apartar los ojos de ese paraíso. Se sentía parte de él, de esa lujuriosa exaltación. Cerró los ojos. Al abrirlos, no se hubiese sorprendido de encontrarse en el Edén, en esa selva húmeda, exuberante, llena de monos y de papagayos. Y allí estaba ella, vestida con su hoja de parra, muy lejos del pueblo y de la miserable realidad.

La vieja que mira el mar en la costa de Niza memora aquel día de su adolescencia, aquel primer atisbo de que había otro mundo lejos de la casa de las señoritas. Se aproxima el otoño y algunos hombres pliegan las sombrillas de los hoteles, resabios del verano. Ninguno de ellos puede imaginar que esa vieja fue, en otro tiempo, la preferida de los amos del mundo, que anduvo por las habitaciones de esos lujosos hoteles con sus chalecos bordados de oro, con el príncipe Nicolás de Montenegro a sus pies en el momento en el que le regalaba una joya de la corona de su pequeño país. "¡Pobre Nicolás! ¡Tuvo problemas de familia y de Estado por esa travesura!", recuerda la vieja que se aleja por la orilla del mar.

Si Celestino no se le hubiera aparecido en sueños, si no hubiese soñado con el Edén, su vida pudo haber sido otra, la de una mujer decente de Pontevedra, que envejece bajo su mantilla, vestida de negro. Celestino guardó su secreto de confesión, aunque le puso una mano en sus rodillas y luego la mano avanzó por los muslos hasta la vulva trémula de la muchacha. Lo dejó hacer, porque esa caricia le traía el deleite y anticipaba otros goces. Se sorprendió al comprobar que "aquello" podía ser agradable y delicado. Celestino la compensaba de la brutalidad del zapatero. Por algo se parecía a San Luis Gonzaga.

Por eso lloró cuando Celestino fue trasladado a otra ciudad. Pensó en seguirlo, pero él la disuadió. En cambio, al saber que las señoritas se habían cansado de la muchacha, cuando los celos entre ellas derivaron en llantos y palizas para Agustina, intercedió y puso fin a esa situación. Les dijo que se haría cargo de la muchacha. Ellas pensaron lo peor (es decir: una relación pecaminosa) y comenzaron a gritar y santiguarse, hasta que Celestino les explicó que no la llevaría lejos, sino a la casa de don Torcuato, que necesitaba una sirvienta. Las dos hermanas se apaciguaron con esa explicación, dijeron que ya estaban hartas de Agustina, "esa ingrata —dijeron—, esa malnacida". El cura esperó a que la muchacha recogiera su ropa, se despidió de las hermanas Vilela y salió con Agustina por el camino largo.

—¿Por qué no me llevas contigo? —le preguntaba, implorante, la muchacha.

—No puedo, hija; soy hombre de Dios.

—No te molestaré en tu trabajo, Celestino. Te lo juro.

—No jures en vano, Agustina.

Iban así discutiendo, el joven cura y la muchacha. "Como dos enamorados... si no fuera por la sotana", recuerda la Bella Otero.

—Vivirás bien allí.

—No quiero ir, no quiero que me dejes.

—Don Torcuato te cuidará como un padre —prometió Celestino.

Desde afuera, la casa me pareció un convento, con su enorme portón. Atravesé el jardín, donde estallaban las rosas. Un viejo jardinero trabajaba cerca del muro y hacía una pequeña acequia por donde corría el agua y flotaban unas hojas muertas. No sé por qué recuerdo eso ahora y el calor que sentía al llegar a la casa. Sin querer, desabroché un botón de mi blusa. Creí (pero puede ser que me equivoque) que don Torcuato me miraba los pechos. Yo estaba algo asustada en esa casa demasiado grande, habitada por un hombre solo. El jardinero y la cocinera, que eran marido y mujer, oficiaban de caseros y ocupaban una vivienda lindera. Cuando se fue Celestino, don Torcuato me condujo hasta mi habitación. Tenía una ventana, una cama de fierro, un armario. Olía a limpio. Me senté en la cama y pensé que debía acostumbrarme a ese cuarto que, de todos modos, nunca sería mío. Es la misma sensación que me acompaña desde que dejé la casa en que nací. Desde entonces soy una forastera, una mujer de paso. No culpo a nadie. Si cuento mi historia no es para justificar nada, sino para entender qué ocurrió. Digo: estaba sentada en la cama, pensando en mis hermanos, a los que no volvería a ver, cuando la cocinera me llamó para que la ayudase. En verdad, creo que lo hizo para que no me quedara rumiando los malos pensamientos. "Nada se gana con pensar. Fíjate en don Torcuato... ¿Para qué le sirven tantos libros?..." se preguntó María del Carmen, la cocinera, mientras pelaba una cebolla.

No era feliz, es cierto; se le notaba la viudez en la cara desolada, en la flacura y en la voz con un dejo triste como de canción o salmodia de cura. Descreído de Dios, se había refugiado en los libros. Una de mis tareas fue limpiarlos y ordenarlos en la biblioteca. De pronto, creía sentir la mirada de don Torcuato en mi cuello, mi espalda o mi trasero, pero no puedo jurarlo, tal vez fuera mi imaginación, mi mala índole, como decían las señoritas Vilela. Don Torcuato era amable conmigo. Un mal pensado diría que tal vez demasiado amable. ¿Lo era, en verdad? Sin ninguna razón, me acariciaba la mejilla o su mano rozaba alguna parte de mi cuerpo. Si yo me volvía, si buscaba sus ojos, el hombre bajaba su mirada, avergonzado. Me aproveché de esa actitud, de esa mezcla de timidez y de malicia de un hombre viejo y solo; lo provoqué, creo, hasta desear que me deseara. Ahora lo digo así porque ha pasado demasiado tiempo y nada o casi nada me avergüenza. Mientras la cocinera y el jardinero estaban en la casa, nada ocurría entre don Torcuato y yo. Pero al anochecer, ya en calma, era yo quien lo buscaba en la biblioteca. Entonces él me sentaba en sus rodillas y me enseñaba a leer. No contaré en detalle lo que sentía; puedes imaginarlo. Al rato, cuando yo comenzaba a moverme, la voz del viejo se quebraba. Ya no leíamos y el libro caía al suelo y los dos rodábamos en medio de sus besos temblorosos.

No diré más. No es decente recordar aquellas cosas. Mejor sería contar las muchas atenciones que don Torcuato tuvo conmigo. Fui ingrata con él. Lo lamento. Por aquellos días llegó un circo al que fui con don Torcuato. Siento aún la loca taquicardia por aquel deslumbramiento: la música, los acróbatas en lo alto de la carpa, los tigres y leones, el domador en medio de las fieras, los payasos, los saltimbanquis, la *écuyère* en un caballo blanco, la gente que reía y que un momento después contenía la respiración ante el salto mortal. Oigo aún el redoble del tambor en ese momento. Veo, en el aire, la figura de Abdul, el acróbata. Tiene una flor entre los dientes. Cuando baja a la pista, se acerca a don Torcuato.

—Con su permiso, señor. Esta flor es para su niña.

No dijo *hija*, dijo *niña*. De todos modos, esa noche, don Torcuato se entristeció por ser viejo.

Lo que ocurrió después es difícil de explicar, como cualquier encantamiento. Durante días, quien fue después la Bella Otero, se acercó, como sonámbula, a la carpa del circo. Nada sospechó don Torcuato. La chica salía con cualquier pretexto de la casa y merodeaba entre los carromatos y los artistas trashumantes. Fue un encantamiento sí, que sólo puede explicarse por el hechizo que ejerce el circo en ciertas almas vagabundas, propensas a la fantasía, a confundir lo que es verdad con los espejismos de la imaginación. Para don Torcuato, la desaparición de Agustina fue un duro golpe. Creyó que la muchacha había huido con su protector, con el cura Celestino. Enfermo de celos y tristeza, le escribió una carta.

Señor cura:

Recuerdo como si fuera hoy el día en que llegó usted con Agustina. Para mí, verla fue como un milagro. Un milagro, señor cura, una última limosna. Ya era viejo entonces y lo soy más ahora, resignado a mis propios achaques. ¡Ojalá creyera en su Dios, señor cura; ojalá tuviera yo ese consuelo, esa esperanza! Pero, como usted sabe, carezco de esa felicidad. Soy incrédulo. No obstante, en el momento en que Agustina traspuso la puerta de mi casa, sentí algo así como una bendición, la posibilidad de un milagro. Hasta entonces había aceptado mi viudez, la condición del hombre solo, de coleccionista de recuerdos. Retirado de mi actividad de profesor, descreído de las ciencias, me refugiaba en la vida ilusoria de los libros, en esas novelerías que enloquecieron a nuestro señor Don Quijote. Creo que llegué a parecerme a él, no en su delirio, sino en la flacura, las carnes magras, el rostro huesudo. Así me habrá visto ella y quizás le inspiré temor. O lástima. Lo que ocurrió después, señor cura, no es cosa de contar. Y sin embargo debo hacerlo, aunque me cubra de vergüenza. Ella sirvió en mi casa y a cambio de ello recibió techo y comida y una paga decente, según creo. Más aún: mis exigencias fueron pocas y muchas las atenciones que tuve con Agustina. Y aquí, señor cura, debo aclarar algo: yo no adiviné que esas atenciones llegaban al exceso, que un trato cariñoso se transformaba en una caricia, en un roce fugaz, en un contacto furtivo con su cuerpo joven. Juro que al comienzo ni yo mismo pude adivinar mis intenciones. Actuaba como si fuera otro, como el joven que fui alguna vez. Creo que quise comprar sus favores: yo le regalaba ropa, confituras y hasta una muñeca que ella había deseado tener cuando era niña. Lo era aún, sobre todo comparada con el viejo que soy, señor cura. Un viejo indecente con el corazón destrozado. Porque ella parecía complacida, ella parecía feliz, sentada en mis rodillas, cuando yo le enseñaba a leer y ella comenzaba a mover lentamente sus posaderas, a ondular sobre mi pobre sexo dormido durante tanto tiempo. Entonces, un increíble vigor despertaba en mí, gracias a ella, claro está. La extraño, señor cura. Nunca más volveré a sentir ese placer. Estoy seguro. Porque ella era quien disponía todo, era la sacerdotisa de este templo doméstico. No entraré en detalles que pueden ofender su pudor. Pero ella me contó lo que había ocurrido entre ustedes. No lo tome como una infidencia, sino como una prueba de confianza. Si ella huyó para seguirlo a usted, yo no haré nada para impedir esa relación. No soy un moralista, señor cura. Pero necesito saber de ella, al menos para olvidarla.

Don Torcuato R.

Ni don Torcuato ni el señor cura ni don Sebastián, el imaginero, tuvieron noticias de la joven Agustina Iglesias, hasta mucho tiempo después, cuando vieron su foto en el periódico. Pero dudaron de que fuera la misma. La que aparecía en el periódico tenía otro nombre y era una actriz que cantaba en los teatritos de Barcelona. Según decían, había llegado en el carromato de un circo.

III

A ella le parece ver el carromato del circo sobre las olas del mar. Sabe que sueña. Pero le gustaría que la muerte llegara así, en el carromato en el que ella huyó cuando era chica. Se subiría a él igual que entonces. Sin miedo. Igual que en esa tarde en que abandonó el pueblo para seguir al circo, cuando el acróbata, el equilibrista, le habló del mar y de las ciudades que estaban del otro lado del mundo. Por eso le pidió un lugar en el carromato, por eso lo siguió y no por ingratitud al viejo que le enseñaba a leer, cuando ella se sentaba en sus rodillas. "A cada cual lo suyo", pensó ella mientras el carruaje comenzaba a andar y el pueblo se empequeñecía en la distancia. Dejaron atrás la ría y las colinas. Sólo entonces miró al muchacho moreno que empuñaba las riendas. Había llegado de Marruecos y pronunciaba palabras en árabe, primero en un murmullo y luego más alto y después en una salmodia que se transformaba en un cantar de amor, un cantar errante, como el de los gitanos. Ella lo escuchó, silenciosa, y tuvo miedo de enamorarse del muchacho, de besar sus brazos sin pelos y su boca carnosa, casi mujeril. Tuvo miedo de su ambigüedad, de la manera en que modulaba las palabras, en que dijo su nombre. "Abdul", dijo. Al anochecer acamparon a la orilla de un pueblo. Los hombres y las mujeres del circo comieron alrededor de la fogata. Como gitanos. Fue entonces cuando ella imaginó la historia de una mujer gitana y un noble oficial griego que esa noche hacían el amor, la historia que ella contaría durante años, diciendo que aquéllos fueron sus padres, una historia que repetirían los que creyeron conocerla.

—Me llamo Abdul —dijo el muchacho—. ¿Y tú, cómo te llamas?

—Carolina —dijo ella—, Carolina Otero.

Desde ese día, Carolina y Abdul compartieron como hermanos las tareas del circo. La muchacha le sirvió de ayudante mientras él le enseñaba sus habilidades. La Bella aprendió pronto. Se la vio hacer equilibrio en la cuerda floja, jugar con abalorios, dominar su miedo frente al lanzador de cuchillos. Fue un aprendizaje gozoso, no sólo de las artes del circo, sino de la vida errante. En cada pueblo la función era distinta. Así, quien iba a ser la Bella Otero aprendió que hay días grises y otros luminosos para los artistas, públicos apáticos o entusiastas, días para tocar el cielo con las manos y otros para querer morirse. Comprendió entonces por qué los artistas se llenan de amuletos contra la mala suerte. Supersticiosos, idólatras, los artistas del circo y el teatro parecen dioses en el escenario o la pista, pero tiemblan y se deprimen ante el rechazo del público. "Una sale al ruedo como el torero o como el toro: a ganar o morir", pensó.

Ese que surca el aire como un pájaro, el que alcanza con sus manos la barra del trapecio, es Abdul. Ella lo ve hacer acrobacias en la altura, caminar por la cuerda floja, simular la falta de equilibrio. Teme por él. Mira sus piernas torneadas, como de bailarín, la malla de lentejuelas, su bulto de varón. Se excita de sólo verlo, al pensar que puede caer en el vacío un instante después. Abdul arroja un beso al aire y da un salto mortal.

Han pasado los años y Abdul continúa en el aire de la memoria, en el vuelo de las golondrinas que emigran en busca del calor del verano. El frío entumece los huesos de la vieja que camina por la playa. "Volaba como un ángel", se dice y lo ve en el doble salto mortal; lo ve volar bajo la carpa del circo y siente otra vez el miedo de que caiga, de que se muera, de que desaparezca en la espuma de las olas. "Que no muera el recuerdo", piensa ella.

—Somos dos hermanitos; somos Hansel y Gretel perdidos en el mundo —comentaba él, tendido junto a Carolina.

No se tocaban. Podían dormir así bajo las estrellas. No obstante, el perfume de la piel de Abdul, como un aroma de jazmines, como el pelaje de un caballo, como el vino, como el aceite de las lámparas, entraba en sus sentidos, en el olfato que buscaba el olor del hombre que dormía junto a ella. Pero Abdul suspiraba por otros hombres y se acoplaba con ellos en los sueños. "Dios mío: ¿por qué el deseo siempre está en otra parte?", piensa la anciana que camina por la costa, al final del verano.

No podía acostumbrarme a la ausencia de un hombre. Me sentía huérfana, expulsada del paraíso, de la selva húmeda de la pintura de don Sebastián, el imaginero. Condenada como Eva, pero sin el sabor de aquel fruto prohibido. Me avergonzaba por espiar las andanzas de Abdul. Me infligía penitencias, engaños, ardides torpes e inocentes, como entonar, junto a él, una canción obscena. Él se apartaba, con delicadeza, como el buen Celestino, que aplacó con oraciones los ardores de su juventud. Me sentía sola, abandonada, aunque fui yo quien abandonó a don Torcuato. Me atormentaba la imagen de ese hombre viejo, deambulando entre sus libros y su incertidumbre, de ese hombre sin Dios, que me tuvo en sus rodillas. Traté de olvidar, de perdonarme. Supe que no debía llorar sobre mis faltas, que no podía permitirme esa debilidad si quería ser una artista de verdad, alguien que agrega un poco de magia a las pobrezas de los días iguales. Supe, por mi amigo, que los cómicos habían sido condenados de antemano, que en otro tiempo eran perseguidos como los ladrones, que sus cuerpos eran indignos de recibir sepultura en camposanto. "Uno elige su vida —decía Abdul—. Y es muy sabio quien elige su muerte".

Abdul le aconsejó que debía oír los sonidos de la noche y escuchar los silencios en medio del escándalo del día. Entonces, sólo entonces, debía modular las palabras de la canción. Ella le obedeció. Aprendió con él los secretos de ese arte que también era un juego, ya que las palabras y la música retozaban juntas como cachorros, como amantes en la zarabanda que Abdul cantó para ella. Y luego, sin transición, entonó villancicos a la Virgen, a la Señora de los Milagros. Después, como si remontara el tiempo, entre elegías y endechas de moros y cristianos, moduló una oración en árabe, como si estuviera en lo alto de la mezquita. Al oírlo, Carolina tuvo ganas de llorar. "Me sentía buena, pura", recuerda la mujer que se tendía junto al hombre bajo las estrellas.

A la mañana, levantaban campamento y continuaban el viaje por los pueblecitos y las aldeas, camino a la ciudad. Él le enseñaba a cantar, a ejercitar la voz. En un aljibe, en un pozo de agua, en una vasija, ella vocalizaba una y otra vez, hasta recibir el eco de su propia voz. Abdul aprobaba con un gesto esos ejercicios y marcaba el ritmo taconeando en el suelo, como buen bailarín. Lo era, aunque arriesgara su vida como acróbata. "Ahora tú, Carolina", ordenaba. Y entonces ella comenzaba a bailar, a sentir su cuerpo, a gozar ese instante. "Y quien baila, vuela", dijo Abdul y la llevó al trapecio. Así volaron juntos, durante meses, en lo alto de la carpa del circo.

Entretanto, los tres hombres que jugaban al tute seguían pensando en la muchacha que había sido Agustina y que no era aún la Bella Otero. No hablaban de ella, desconfiados. Aquellos hombres no mostraban sus cartas ni sus sentimientos. Se miraban, fraternales y hostiles a la vez, cambiándose de bando, traicionándose, como buenos jugadores de tute, amigos y enemigos como ex amantes de una misma mujer. Celestino no podía olvidar las caricias furtivas, las exploraciones en el confesionario, la tibieza de los muslos firmes de Agustina. Don Torcuato resoplaba, rencoroso, como un caballo herido. Sólo don Sebastián, el imaginero, quien no había tocado a la muchacha, pudo imaginar que ella había quedado en su pintura, en su Edén heterodoxo. Jugaban los tres hombres, echaban sus cartas, bebían el vino de su soltería.

—¿Dónde andará? —preguntó, por fin, el viejo.

—Vaya uno a saber —dijo el imaginero.

—Dios la guarde —imploró el cura.

Dieron cartas otra vez.

El sol caía sobre el pueblo. Se oyó, lastimera, la música de una gaita.

Una se desencuentra con la dicha, porque está en otra parte o porque una no la puede ver de tan cerca que está. Te deslumbra. Es una luz que enceguece, como la de la pasión. Ahora me doy cuenta, pero es tarde. ¿Por qué no seguí en el circo? ¿Por qué abandoné a Abdul después de vivir con él una sola noche de placer? No lo sé, no puedo explicarlo. Habíamos llegado a Barcelona y nuestra función fue todo un éxito. Yo subí con Abdul al trapecio y más tarde bailamos juntos en la pista y yo canté arriba de un caballo blanco. Los aplausos me excitan. Ésa es la verdad. Por eso cuando llegué al carromato y vi a Abdul semidesnudo, secándose con una toalla, me abalancé sobre él. Con todo el deseo del mundo.

Carolina recuerda esa noche como la de su verdadera iniciación. Abdul pudo guiarla más allá de su avidez y complacerla con sabiduría. Le enseñó que, en ciertos momentos, uno es el otro, la otra, como en un juego de espejos enfrentados. Ella fue su niña y su dueño, su timonel y las velas hinchadas de la travesía, donde el hombre y la mujer sobrevivían a su propio naufragio. Alimentaban el deseo y lo agotaban y regresaban para mendigar su exaltación, su furia, el galopar de los caballos, las ganas de meterse en el otro como bestias en celo. Fueron ángeles, al fin, ángeles dormidos, con las alas rotas, en un baldío de la ciudad, cerca del mar.

Quizá tuvo miedo de que esa noche no pudiera repetirse, temor a la afición de Abdul por los muchachos, miedo de ella misma tal vez. ¿Quién puede saberlo? Lo cierto es que cuando el circo partió, la joven Carolina Otero quedó en Barcelona, caminando bajo la llovizna.

IV

Ella se registró en ese hotel de mala muerte haciendo ostentación de nombres y apellidos: Agustina del Carmen Carolina Otero e Iglesias. Dijo que más tarde llegaría su marido, el conde italiano de Montefiore. Nadie dudó de su palabra o a nadie le importó su delirio de grandeza. Ella lucía un vestido de utilería del circo, que Abdul había adaptado a las curvas de su cuerpo. Al llegar a la habitación se miró en el espejo. Se contempló durante un rato con mirada profesional. Observó su cuerpo mientras se desvestía. Como un luthier mira su instrumento. Se echó en la cama, fatigada por ese primer día en Barcelona.

Al despertar, ya era de noche. Abrió la ventana sobre los techos de la ciudad.

Dicen que un ángel la guió aquella noche en Barcelona. O quizá sólo fue el viento marino que la empujó hasta las puertas de un teatrito de varieté. Cuando entró, la sala estaba vacía. En el escenario, bajo una luz macilenta, alguien tocaba el piano. A ella le pareció una señal de buen augurio, pero se sobresaltó cuando oyó a sus espaldas la voz de un hombre, quien le preguntó qué estaba haciendo allí, cómo había entrado. Ella se volvió con un gesto de fastidio.

—No soy una ladrona, señor.

—¿Ah, no? ¿Y qué eres entonces?

—Una bailarina, una cantante.

—Vamos a ver si es cierto —dijo Rodrigo Castellet aquella noche.

El hombre tenía fama de conocedor, de empresario o coleccionista de tonadilleras, actrices de poca monta y putas del puerto. Hacía gala de sus conocimientos como hombre de mundo, ya que no sólo había estado en Madrid y en Valencia sino también en París y hasta en América del Sur —decía—, en lugares remotos como Río de Janeiro o Buenos Aires. Podía darle una oportunidad a esa muchacha, si es que tenía algún talento. Y eso estaba por verse, por oírse, ahí en el escenario al que subía la mujer. El empresario pudo apreciar que la mujer tenía una buena grupa y buenas tetas, virtudes que aprecia el espectador del varieté.

—¡Canta muchacha!

No te ocupes de mí
no he de ser para ti,
no te canses, déjame ya
Agua que no has de beber
déjala correr... déjala... déjala

cantó Carolina Otero mientras el pianista Sergio Montiel (una especie de Gustavo Adolfo Bécquer, con el traje raído) hacía el acompañamiento.

—¡Déjame ya! —se reía Carolina, apartándose de un imaginario galán que la perseguía sin poder alcanzarla.

¡Qué va! ¡Qué va!
¡Qué va! ¡Qué va!

gritaba ella espantando al galán que quería violentar su pudor. Exageraba, claro, como es norma en el circo y en el varieté.

No se confunda caballero
que yo no soy lo que cree
a mí no me compra nadie
que yo no soy para usté.

Al pasar del tuteo al usted, la Otero ponía una majestuosa distancia, cierto desdén aristocrático que fue uno de sus encantos a lo largo de su carrera. Pero a la vez, muy dúctil ("dialéctica", escribió años más tarde Sergio Montiel) pudo pasar del lenguaje elevado a la germanía de los arrabales de Barcelona o de Madrid. Algunos recuerdan con qué gracia decía "chiarol" en vez de charol, por ejemplo y cómo utilizaba los apócopes, subrayándolos cuando cantaba:

Con una falda de percal planchá
y unos zapatos negros de chiarol
en el mantón de flecos rebujá
por esas calles va la gracia'e Dios.

Aún no conocía Madrid y cantaba como una madrileña, gracias a las enseñanzas de Abdul.

Con el sombrero colocao así
y muy ceñido y justo el pantalón
el chulo pasea por Madrid
luciendo todo lo que Dios le dio.

Esa noche, en Barcelona, ella mostró su desenfado, la ambigüedad de ser mujer y hombre mientras cantaba, de dialogar con la letra y la música y los movimientos de su cuerpo; de ser ella, al fin, aunque no se llamara aún la Bella Otero, nombre con que la iban a conocer muy pronto, apenas Castellet la contratara.

Él consideró que aquella muchacha tenía porvenir en el varieté, que valía la pena darle un crédito de confianza. Eso es lo que le dijo a Carolina mientras la tasaba con los ojos. Encendió un puro y comenzó el autoelogio de Rodrigo Castellet, que era su tema favorito. Ella simuló una gran humildad, la sumisión que se espera de alguien que busca un lugar en el teatro. Esto le agradó mucho a don Rodrigo. Confesó que no siempre obtuvo recompensa por parte de las artistas a las que había ayudado a triunfar. Entrecerró los ojos y suspiró como tratando de olvidar esas ingratitudes. Aseguró que estaba dispuesto a darle una oportunidad a Carolina como se las había dado a esas otras que habían triunfado en Madrid y en París, mujeres que habían llenado los teatros del mundo a partir de su debut en Barcelona, en el Arnau o El Paralelo, bajo su mirada experta.

"Tienes suerte: le gustas", comentó Sergio Montiel a la salida del teatro. Carolina Otero dijo que tenía hambre, "un hambre de morirse", dijo. A Sergio no le pareció justa esa expresión. "Otros tienen hambre. Millones de personas en el mundo", murmuró Sergio, sombrío. Pero ella no iba a desanimarse por una frase u otra, por ese joven pianista con cara de velorio.

—¡Tú a lo tuyo! —le dijo.

No quería discutir con ese presuntuoso. No sabía entonces que todos sus amigos eran como él. Lo supo esa misma noche, cuando Sergio la llevó al Café Pelayo, donde se reunían los artistas y poetas de la ciudad, que hablaban como locos y querían arreglar el mundo.

¿Por qué gritan tanto? ¿Por qué mueven sus manos como molinetes?, me dije mientras oía a esos intelectuales que discutían como energúmenos, como si se fueran a matar. Traté de entender qué decían, descifrar esa mezcla de catalán y castellano con la que dirimían sus diferencias para cambiar el mundo. Me asombró que Sergio siguiera los argumentos de unos y otros sin dejar de comer.

—¿Por qué se enojan? —pregunté.

—Porque están ofendidos —sonrió el pianista que se parecía a Gustavo Adolfo Bécquer.

—¿Con quién... si puede saberse?

—Con la sociedad, Carolina. Pero no te preocupes. Sigue comiendo.

Le obedecí. Tenía hambre esa noche.

Yo no había conocido un anarquista en mi vida. Y esa noche conocí por lo menos a una docena, lo que es demasiado para una sola jornada. Entre ellos, había un hombre muy serio, que parecía un santo de iglesia. Tenía la barba pegada a los huesos. Me recordó a don Torcuato. Pero éste era joven; un santo que me desnudaba con los ojos. Mientras yo comía, él no dejó de mirarme. De pronto, pasé la lengua por el borde de la copa y él hizo lo mismo. "Una casualidad", pensé. Pero al rato, al pasar mi lengua por mis labios resecos, él repitió el mismo movimiento. De pronto frunció sus labios como si me enviara un beso. No esperó mi respuesta. Se levantó y se fue.

—¿Quién es? —le pregunté a Sergio.

—Se llama Gaudí. Un arquitecto aficionado a la historia y la filosofía...

—¡Un loco con cara de santo! —dictaminé entre risas, algo borracha.

—Un místico —dijo Sergio.

—¿Cómo dijiste que se llamaba?

—Gaudí. Su nombre en catalán significa *gozar*.

—Muy prometedor, querido.

Creo que lo que más me interesó entonces era saber que Gaudí pasaba largos períodos de abstinencia. Supe que ayunaba recostado en su cama, vestido y con los zapatos puestos.

Yo continué con los ensayos. Durante el día mi cabeza sólo trabajaba pensando en el estreno. No podía ni quería distraerme. Sin embargo, tampoco podía dejar de pensar en Gaudí y en el significado de su nombre. Sentía aún su mirada, como desnudándome. Por eso acepté, sin dudar, la invitación de Sergio para ir otra vez al Café Pelayo. Al llegar, Gaudí apenas reparó en mi presencia, ocupado como estaba en explicar sus teorías del arte. Debo decir que en esos momentos Gaudí tenía una expresión de alucinado, de fanático, de hombre poseído por sus convicciones. Y ya se sabe lo insoportables que son hombres así, a los que la buena gente llama genios. Son personas difíciles (lo digo por experiencia) para quienes los demás sólo cuentan como oyentes de sus desvaríos. No, no hablo con rencor, ya que Gaudí se inspiró en mí para muchos de sus dibujos. Sólo digo que no era fácil de seguir. Eso es todo. Aquella noche, en el Café Pelayo, Gaudí hablaba de sus antecesores, de su concepto del espacio, de la música y la arquitectura. Es decir: hablaba de él mismo.

—Mi padre fue calderero, mi abuelo y mi bisabuelo también; los padres de mi madre fueron caldereros y uno de mis abuelos tonelero; otro abuelo fue marino, y los marinos también son gente de espacio y situación... De ellos aprendí el amor a los oficios, al trabajo que honra a la Naturaleza —decía el joven Gaudí, que por ese entonces tenía veintiséis años.

Supe que aquella noche, al mirar mis pechos, él los imaginó como balcones, como sandías sobre el mar, como racimos de uvas, como las gárgolas de un templo.

—¿Quién dijo que la piedra no se beneficia con el calor de los cuerpos? —se preguntaba en voz alta el arquitecto sin dejar de mirarme.

Afirmó que a partir de un plano se creaban los volúmenes, las tres dimensiones. Pero agregó: "Es necesario descubrir lo voluptuoso, la luz del Mediterráneo en medio de la tierra y en la ondulación de una mujer que canta".

Él pensaba en su arte y yo pensé que hablaba de mí. (Son las confusiones que ocurren cuando se frecuenta a un genio). Pero no me inquieté demasiado. Al día siguiente debía ensayar para la noche del estreno.

Y ese día llegó, por fin. Yo tenía pavor por lo que pudiera ocurrir esa noche; miedo a fracasar, a ser nadie frente al teatro lleno y el monstruo de mil cabezas que es el público, dispuesto a devorarte si fracasas y servil cuando triunfas, arrojador de flores o de basura, el que se arrastra ante los nombres de las celebridades, despreciativo con las artistas de segundo orden, tonadilleras, putas. Yo no sabía en qué lugar estaría esa noche, si en el de las preferencias o en el estercolero de los críticos. Lo vi a don Rodrigo fumando su puro. Se acercó, puso sus manos en mis asentaderas y las palmeó como la grupa de un animal. "A ganar", dijo. Esa noche Sergio me regaló una rosa. No sospeché que el anarquista tuviera esas debilidades. "Hasta parece un caballero", pensé.

Un amante tuve yo
lleno de pasión y fe
pero sin saber por qué
el muy cruel me abandonó

—¡Quédate conmigo! —gritó un espectador desde lo alto de la tertulia.

Le arrojé un beso y continué con la tonadilla de *La Maja aristocrática:*

Soy maja aristocrática
y en los más elevados salones
marquesa democrática
me titulan por mis aficiones

Ellos gritaban y aplaudían y taconeaban en el suelo para expresar su admiración. Eran todos y nadie, esas sombras de la oscuridad que llamamos el público, al que tratamos de agradar por temor a que nos despedace.

Bastaron muy pocas semanas para que el nombre de la Bella Otero recorriera la ciudad. Desde sus inicios, la Bella tuvo un público heterogéneo y fiel. Lo formaban trabajadores y burgueses, intelectuales y algún noble como el conde Güell, que no se perdía ni una sola función. A todos complacía la Bella, a todos parecía entregarse mientras actuaba. Hubo noches gloriosas en que el teatrito de Castellet quedó pequeño para tanta exaltación; noches en que el conde Eusebi Güell le envió un canasto de rosas y en que los jóvenes anarquistas la aclamaron como la reina plebeya del varieté. Se sabe: no hay una sola manera de interpretar el arte, que Sergio Montiel intentó descifrar infinidad de veces. No era fácil explicar el arte de la Bella Otero. Al fin, ella se parecía a otras actrices de los tabladillos de Barcelona, pícaras e intencionadas, atracción de los marineros y los pillos del puerto. Como ellas, se movía insinuando otros placeres; pero con la diferencia de que no buscaba la complicidad del público, sino que mantenía una distancia de reina. Su mentida aristocracia le servía para representar ese papel, para sentir que era otra la que había soñado en Puente Valga y en el convento de las monjas. Otra, no la pobre chica con el vestido manchado de sangre en el sótano del zapatero. Otra: la que merecía ser.

V

Antoni Gaudí i Cornet, el hombre que ayunaba en su cama, vestido y con los zapatos puestos, no podía dejar de pensar en la mujer que enloquecía a los catalanes con sólo cantar y moverse en un tabladillo de Barcelona. Sus amigos más cercanos, poetas y filósofos, parroquianos del Café Pelayo, abandonaban la lectura de Nietzsche y de Ruskin para ver y oír a la Bella Otero. Eso no lo sorprendió demasiado, ya que sus amigos eran volubles en cuestiones estéticas. "Frívolos", pensó el ayunador, que continuaba un largo período de abstinencia, entregado al dibujo y la lectura de la Biblia. Mientras sus amigos se mezclaban en las manifestaciones anarquistas que agitaban a Cataluña, en tanto escribían sus arengas y manifiestos, él, Gaudí, permanecía en cama, acostado y con los zapatos puestos. Los frívolos, al fin, en vez de hacer la revolución que prometían, terminaban sus noches en el teatrito donde la Bella Otero los encandilaba. "El deseo encandila", se dijo. Gaudí pensaba que había que estudiar la Edad Media "para extraerle el buen sentido y continuar el gótico, salvándolo de lo llameante". Lo había escrito después de soñar con la Bella, a la que sólo había visto en el Café Pelayo. Dedujo que las curvas de la Bella Otero guardaban cierta correspondencia con las de sus dibujos, bocetos de su catedral. Así, lo sagrado y lo impúdico se unían en algún punto misterioso. Antoni Gaudí i Cornet trató de poner en orden sus ideas, en contrapunto con los impulsos de su instinto. Pechos como balcones, gárgolas, torres como agujas hacia el cielo, surgían por aquellos días en los dibujos de Gaudí. En la mesa, en las paredes de su cuarto, en el suelo, se desparramaban los bocetos de una catedral imaginaria, con sus ángeles de piedra. El hombre que ayunaba, el abstinente, el lector de la Biblia, volvió a pensar en la Bella Otero como la antípoda de lo apolíneo y lo geométrico, como un desborde de lo dionisíaco sobre la dictadura de la inteligencia. El cuerpo de la Bella Otero, sus ondulaciones, la presentida temperatura de su piel, eran, para Gaudí, como "el organismo clásico griego que se oponía al sistema teológico del gótico". En algún punto —reflexionaba el ayunador— debían unirse, en una obra que todavía no había nacido, en la arquitectura que sólo vivía en su imaginación. Pensaba en eso cuando recibió la visita de quien iba a ser su mecenas: el conde Eusebi Güell.

El hombre parecía perturbado. Gaudí imaginó que lo agitaba alguna preocupación muy grande. Se lo veía inquieto, urgido por confesar aquello que lo obsedía. El conde, por lo general mesurado, esta vez hablaba de manera confusa, atropellada. El motivo de su desazón tenía nombre de mujer: la Bella Otero. La había visto y oído numerosas veces y seguía bajo los efectos de sus encantos. No se cansaba de elogiar su elegancia, la manera displicente de evitar la grosería de un público vulgar. El conde Eusebi Güell creía (no tenía por qué dudarlo) en el noble origen de la cantante que entonaba estos versos que parecían retratar a la Bella:

Dicen que soy una alhaja
dicen que soy una joya
y dicen que me he escapado
de los tapices de Goya.

Sólo la pasión, que es insensata, podía unir la devoción de nobles, comerciantes, bohemios y anarquistas por esa mujer tan joven, que había ganado fama en poco tiempo. Sólo la pasión y cierto espíritu de cambio que se vivía en Cataluña a partir de la revolución industrial. Desde muy diferentes perspectivas, el noble Eusebi Güell y el anarquista Sergio Montiel, pianista de music-hall, podían compartir su admiración por la Bella Otero. "Cuídate de los poderosos", le aconsejaba Sergio Montiel al observar la figura del conde en la puerta del teatro, quien esperaba a la joven cantante con su mejor sonrisa y un ramo de rosas.

El querido Eusebi fue el primer noble que conocí, el que me guió por un mundo de refinamiento. Quien accede a él, quien se acostumbra al lujo, termina por renegar de las penurias de la pobreza. Al menos, eso fue lo que me ocurrió a mí y lo que me reprochó Sergio Montiel, mi agnóstico ángel de la guarda. Con el conde aprendí las leyes del buen gusto y a permanecer alerta ante lo bello. Fue mi cicerone y en cierto modo mi lazarillo, ya que hasta entonces yo había permanecido ciega frente a ciertas obras a las que acceden los que tienen tiempo para el ocio. Con el conde todo parecía fácil, familiar. Sabía disimular mi ignorancia. Se lo agradecí. Gracias a Eusebi no me sentí una intrusa ni en los museos ni en los salones de la aristocracia, a los que accedí junto a él. Cuando el coche echaba a andar, pasábamos frente a la *Casa Vicenc,* en la calle de las Carolinas. Entonces el conde, que era un joven muy culto, me explicaba que ésa era una obra de su amigo Gaudí. "¡Fíjate lo armoniosa que es y, a la vez, qué heterodoxa! Se nota la influencia del estilo mudéjar. ¡Y mira, mujer, qué bien se lleva el ladrillo con el mosaico policromo y el hierro forjado!". A mí me era difícil entender por qué un conde se entusiasmaba de ese modo con la arquitectura de una casa de Barcelona. En todo caso, me hubiera parecido más lógico que hablara de lujosos palacios, con grandes jardines y salones. Pero los aristócratas, se sabe, son seres extraños. Él lo era de manera superlativa. Se interesaba en la vida de los artistas y respetaba el trabajo de los artesanos, de la gente laboriosa. En cambio, no ocultaba su menosprecio por la gente de su clase, por los aristócratas ociosos. Juro que me desconcertaba. Por un lado, se esmeraba en enseñarme los rituales de la buena mesa, en orientar mi gusto por el buen vestir y, por otro, juzgaba superfluo el ceremonial de la nobleza. Gracias a Eusebi, me familiaricé con los nombres y las historias de los príncipes de Europa. Llegué a creer que yo pertenecía a esas familias, las que por entonces dominaban el mundo. El joven conde aplaudía mis progresos. Un día me sorprendió con el regalo de un brillante.

Yo sentía mi vida dividida en dos: por las noches era la cantante y bailarina de un teatro de varieté y en las madrugadas la amante de un noble. Durante el día dormía y después ensayaba para la función. Sólo algunas veces iba al Café Pelayo, acompañada de Sergio Montiel. Creo que yo no quería confesar que deseaba encontrar a Gaudí. No había podido olvidar el brillo de sus ojos, su mirada que parecía desnudarme. Hoy puedo pensar en eso sin temor y sin culpa, pero entonces (no había cumplido veinte años todavía) esa sola idea me atormentaba, porque deseaba ser fiel a mi amante. Juro que era así, aunque hoy nadie lo crea, sobre todo esos tontos que han escrito historias de la Bella Otero.

Nadie diga que miento. Guardo aún en un cofre las cartas que me escribió el querido Eusebi, junto a los dibujos de Gaudí. Dicen que esos dibujos valen una fortuna, pero no pienso venderlos. Es una manera de tenerlos juntos: al conde y a Gaudí. Ambos me celaron sin razón, ambos creyeron que les pertenecía. No sospecharon que nadie pertenece a nadie y que, lo mismo que el mar, una es distinta cada vez, en cada ola del deseo. Pero hablo de más. ¿A quién le importa lo que yo sentía en ese tiempo? Estaba deslumbrada por la delicadeza, por los modales del conde Eusebi Güell. Lo de Gaudí es otro asunto: tiene que ver con los extravíos de la inteligencia.

Fue el conde quien me pidió que lo acompañara a la casa de Gaudí. Como de costumbre, su amigo estaba recostado en la cama, vestido y con los zapatos puestos. Cuando el conde nos presentó, Gaudí fingió no conocerme. Es posible que esa pequeña complicidad iniciara lo que después el conde Güell llamó nuestra traición. Como todo hombre, podía sufrir más con la deslealtad de un amigo que con la infidelidad de una mujer. Es algo que he comprobado en mi larga vida. Tal vez por eso los hombres me parecen tan frágiles y conmovedores. Siempre tienen que estar haciendo algo para convencerse de que están en el mundo. Por aquel tiempo Gaudí soñaba con construir su catedral. Gaudí quería hacerla en homenaje a la Sagrada Familia, pero sin fondos de la Iglesia. "Con la ayuda de Dios me basta", decía omnipotente. "De Dios y de Matamala", agregaba riéndose. Llorenc Matamala, en ese entonces de veintinueve años, sería el encargado de las esculturas del templo. Gaudí se lo decía al conde, hablando con él como si yo no existiera. Pero no me engañaba. Ése es un ardid de los intelectuales. Ellos hablan como si lo único que les importara fueran sólo las ideas, pero en realidad están pensando en llevarse a la cama a quien escucha. Los conozco; los he frecuentado durante años. Esa noche, los tres fuimos a comer a un restaurante y ambos se mostraron encantadores. Esa noche Gaudí abandonó su estudiada pobreza y se portó como un dandi. Vestía un gabán corto, de color beige, botas altas, un corbatín de seda. En medio de la charla y de los vinos, deslizó, al pasar, una inquietante invitación: que yo posara para algunas esculturas que se emplazarían en la catedral que pensaba construir.

Una gracia de caritat per l'amor de Deu...

Todavía me parece oír la voz de la mendiga al pasar por la iglesia, rumbo a la casa de Gaudí. Yo me sentía orgullosa por servir de modelo para algunas esculturas de la catedral de la Sagrada Familia. Si bien las esculturas las haría el joven Matamala, los dibujos iniciales, los bocetos, corrían por cuenta de Gaudí. Me lo explicó, como distraído. Yo debía posar y obedecer y quedarme quieta. "Lo contrario de lo que haces por las noches", me dijo. Intuí cierta burla, pero preferí pasarla por alto. Muchas veces los hombres actúan así, con torpeza, para ocultar su turbación. Y yo sabía que lo perturbaba. Lo vi dibujar las torres-campanarios de la catedral, los símbolos del ángel, del toro, del león y del águila. Se volvió hacia mí y puso un manto sobre mi cabeza y yo no supe si dibujaba a María Magdalena o a la Virgen María, pero sentí una emoción muy grande y recordé a Celestino, buscándome, tembloroso, en el confesionario. Ahora Gaudí dibujaba la Capilla de la Penitencia y los cuatro obeliscos que representaban los puntos cardinales, a los que imaginé —¡Dios me perdone!— como falos gigantescos. Me reí tontamente. Era una niña aún.

Una gracia de caritat per l'amor de Deu...

No recuerdo en qué momento el abstinente dejó su penitencia. Yo iba a su estudio y posaba durante horas, pero no podía quedarme quieta como las modelos profesionales y me movía apenas cubierta con una manta, sabiendo que Gaudí estaba mirándome. "Buscona —me dije—, soy una buscona". Yo no sé si Gaudí deseaba vivir como un anacoreta o si exigía al máximo su castidad, sólo para sentir voluptuosamente su derrota. Porque de pronto (no puedo precisar el día, la hora en que ocurrió) él me quitó la manta y comenzó a besar mis piernas y a besarme por dentro. Yo ardía y buscaba saciar su sed, alimentada durante meses. Como en la tienda de don Sebastián, yo estaba rodeada de figuras sagradas, de ángeles y santos. Igual que allí, creía renacer en la selva húmeda del Paraíso Terrenal. Pude creer que Gaudí modelaba mi cuerpo, que me sentía como la materia palpitante que deseaba apresar en la arquitectura. Pero a la vez, sentí que él era esclavo del deseo que yo le despertaba y que luchaba conmigo en la oscuridad del estudio como quien lucha con su propio demonio.

Lo que la Bella Otero no dice es que otros dibujos impíos fueron la causa de una separación que pudo terminar en tragedia. Hoy el mundo conoce los dibujos que dieron origen a la desmesura de la catedral de Gaudí, pero un piadoso manto de olvido cubre los que realizó en homenaje a la Bella. En uno, aparece desnuda entre los chorros de agua del Baptisterio, como una Eva rediviva del Paraíso Terrenal; en otro, es una amazona sobre un león de piedra, entre los cuatro elementos de la Creación: el agua, la tierra, el aire y el fuego. Hay un tríptico, réplica heterodoxa de las tres puertas dedicadas a la Fe, a la Esperanza y la Caridad, desde donde la Bella sonríe de manera misteriosa. Otros dibujos, de carácter más íntimo, también cayeron en manos del conde, por un descuido de su amante.

Maniquí, maniquí
veleta, coqueta nací

cantaba la Otero:

Maniquí, maniquí
soy fría, muy fría de aquí

decía y llevaba su mano hacia el corazón; es decir: a las turgencias de sus pechos.

Fue todo un malentendido, una lamentable confusión. Mi relación con Gaudí había terminado y sólo quedaban unos dibujos comprometedores, que por poco desencadenan una tragedia pasional. De haberse producido, seguramente hubiese servido como tema para un folletín o para una de esas historias truculentas que contaban en las calles y las plazas los narradores de telón. Me imagino dibujada en uno de esos cartones, con la cabeza cercenada y el vestido manchado de sangre. Dios no lo quiso, por suerte. Pero un descuido, una distracción, precipitó el drama. El querido Eusebi descubrió los dibujos que me había obsequiado su amigo. En cada uno había huellas de una pasión que ya no existía entre nosotros, pero que quedaba como testimonio de lo que había sucedido. Los miró, uno a uno, apreciando la belleza de esos rasgos mientras me maldecía con el pensamiento. Porque no comentó nada. Me observó con una insoportable frialdad.

—No quiero verte más —dijo por fin. Y salió de mi cuarto y de mi vida.

Así la Bella Otero contó esa historia a su amiga Colette. Por pudor, omitió ciertos detalles escabrosos y un final de melodrama, de folletín, de historia truculenta, muy apto para narradores callejeros. No contó la Bella Otero el día que bajó de un coche y atravesó el jardín de la mansión del conde Güell y subió por la escalera de mármol y llegó a la habitación de su ex amante. No dijo que en ese momento el conde Güell empuñaba una pistola y que ella creyó que el conde se iba a suicidar por amor. "Era muy teatralera entonces", piensa ahora. Y se avergüenza de lo que hizo.

—¡Si alguien debe morir, ésa soy yo! —gritó la Bella Otero.

El conde Eusebi Güell la miró como quien ve a un fantasma. Por delicadeza, se evitó el contratiempo de matarla o morir.

"Era muy teatralera; era muy joven".

"Porque todo es teatro. Uno cuenta en el teatro lo que en la vida es limosna de la realidad", piensa ahora la mujer que camina por la orilla de la playa. Han pasado los años. No obstante, cuando oye el ruido del mar, a ella le parece escuchar los aplausos de aquel teatrito en Barcelona, cuando terminaba la función y ella creía que era posible ser feliz.

VI

—El mal amor enferma los nervios, don Rodrigo.

—¿Y eso que tiene que ver con tu trabajo?

—Que perdí la alegría de cantar en esta ciudad, donde he sufrido algunos contratiempos. Quiero cambiar de aire.

—¡Ingrata! —se quejó el empresario—. Yo te di lugar en mi teatro, ¡a ti, que no eres nadie, en verdad!

—Soy la Bella Otero, don Rodrigo. No lo olvide.

—¡Yo te inventé, Carolina! La Bella Otero no existe más allá de Barcelona.

—Habrá que verlo...

—¡No hay nada que ver! ¡Eres una de tantas, Carolina, no te engañes!

—De todos modos, debo intentarlo...

—Escucha bien: si te vas por esa puerta, no se te ocurra volver.

La Bella fue a su camarín, colocó sus vestidos en un baúl, ordenó la caja de sombreros, la de cremas y perfumes, la bolsa de seda con mantones, la maleta de los chalecos recamados, los juegos de abanicos. Ella subió a un carro junto al cochero, como si no fuera la reina del varieté. Huérfana de los aplausos, a plena luz del día, no era más que una muchacha a quien el mal de amor le enfermaba los nervios, una de tantas, como le dijo Castellet. Lo único que lamentaba era no poder despedirse de Sergio Montiel, que andaba en una de sus reuniones con los anarquistas catalanes.

Esa misma noche la Bella Otero abandonó la ciudad y partió rumbo a Madrid. "Huyó como lo que era: una perdida", comentó, rencoroso, el empresario Rodrigo Castellet. Pero él sabía que en aquel tiempo todas las tonadilleras, todas las cupletistas, todas las actrices de varieté, se dirigían a Madrid como los musulmanes a la Meca. Tarde o temprano, la Bella Otero debía conquistar Madrid. Y aquél era su momento. Obligada por las circunstancias, por las desventuras del corazón, Agustina del Carmen Carolina Otero e Iglesias, según firmaba entonces, llegó a Madrid para imponer su arte y su belleza, o las dos cosas juntas, a las que acompañó más de una vez con el escándalo. Según los cronistas de la época, la Bella Otero impuso la moda del "traje muy escotado ciñendo el busto, de larga y acampanada falda, recamada de lentejuelas". Así se la ve en las fotos de los afiches, programas de teatro y recortes de periódicos que dieron testimonios de su fama. "Cuando las veo —dice la anciana—, cuando miro a la que fui, pienso que el tiempo es demasiado cruel. Sin embargo, esas fotos, como los recuerdos, son mi única compañía. Lástima que Manuel, el argentino, ya se murió. Él hubiera ordenado mis recuerdos en un libro. Yo, ahora, lo podría estar leyendo, como esas señoras en las terrazas de los hoteles de la Costa Azul, que me miran pasar como a un fantasma".

Madrid, entonces, era la patria del varieté, del music-hall, del género chico, del sainete y la zarzuela. En el Alhambra, el Salón Actualidades, el Salón Bleu, el Salón Japonés, el Romea y Trianón Palace, cantaban y bailaban las diosas del varieté: la Petrilla Cámara y la Nena, Paula del Monte y Charito Guerrero y la Augusta Bergés que andaba buscándose una pulga por diferentes partes de su cuerpo, entre los aplausos y los gritos obscenos de los espectadores. En los teatros, en los tabladillos del café-concert, las reinas de la insolencia entonaban canciones y cuplés más o menos indecentes y se contoneaban ante un público ansioso. Por las noches, el Frontón Central, después del partido de pelota, se transformaba en escenario del varieté. Fueron muchas las diosas: desde Cielito a Pastora Imperio y Antonia Mercé. "Pero ya nadie se acuerda de ese tiempo en el que hasta los asuntos de la guerra se resolvían en la alcoba", piensa quien fue la Bella Otero, amiga de príncipes y reyes, de constructores de catedrales y anarquistas.

Los mozos de la aldea
me dicen al pasar:
¡Carolina!
¡Carolina!
al ver el movimiento
que tengo al andar.
¡Carolina!, me dicen...
¡no te muevas que no puedo más!

Y ella se movía, como la Bergés o La Goya buscando la pulga, pero con fingida inocencia, con sorpresa ante la excitación del público. Abría muy grandes los ojos y preguntaba si ocurría algo, si algo estaba mal. Le respondían con gritos, con aullidos, con flores que caían sobre el escenario.

Fue la reina del varieté, sin duda. Y aunque otras cantaron y bailaron mejor, nadie la igualó en gracia y picardía. Su número de La Lola era memorable. La Bella Otero aparecía en el escenario con aire inocente. A veces se chupaba un dedo y otras pasaba su lengua por un helado o jugaba con un globo como si fuera una niña. Los espectadores, excitados por sus ademanes y mohínes, prorrumpían en aplausos y gritos y silbidos. Entonces ella les cantaba:

La Lola dicen que no duerme sola
porque han visto a un mozalbete
que la ronda por las noches
y no ven dónde se mete, mete, mete.

—¡Mete!
—¡Mete!
—¡Mete!

gritaban los espectadores. Burdos, procaces, aprendían con ella la doble intención, cierta delicadeza no desprovista de ironía al referirse a los asuntos del sexo. La Bella Otero tornó sutiles aquellos asuntos y guió a su rebaño, que la siguió, obediente. Con ella aprendieron a entonar la canción de los tímidos:

Era muy tímida ella
era muy tímido él
Pero se han despabilao, mi vida,
y ahora son los timitrés.

Es claro que a veces, cuando subía la temperatura de la audiencia, ella no tenía ningún reparo en bailar contoneándose, en provocar con su mirada, y descender al borde de lo procaz:

¡Y ven y ven y ven!
¡Y ven chiquillo conmigo!
¡No quiero para pegarte, mi vida!
¡Ya sabes para lo que digo!

Reina plebeya, gobernó el deseo de los adictos al varieté y el vodevil. Cosechó admiradores extremistas que se arriesgaron a subir al escenario, como espontáneos del toreo, sólo para besar el ruedo de su vestido. Dueña de la escena, la

Bella Otero, al ver a una mujer joven entre los espectadores, le dedicaba los versos de esta canción:

Una niña se creía
que el matrimonio era nada
pero se encontró con algo...
¡ay, ay, ay! ¡Qué mal pensada!

Otro de los números muy festejados de la Bella Otero era el de *La beata y el fraile:*

Una beata y un fraile
se cayeron en un pozo
y la beata decía:
¡Ay qué fresco tan hermoso!

Se reían los guarros. Se imaginaban al fraile y la beata en el fondo del pozo haciendo lo que ellos tenían ganas de hacer con Carolina Otero.

Eso fue en los comienzos. Porque poco a poco el repertorio de la Bella Otero se hizo más refinado, sin abandonar la picaresca. Pero ni los buenos modales que aprendió ni la frecuentación de los idiomas borraron ese origen plebeyo que algunos cronistas, fanáticos del buen gusto, trataron de ocultar.

El empresario francés M. Baquerel, en cuya compañía trabajaban Paula del Monte y Charito Guerrero, intuyó que la Bella Otero haría sensación en París. La invitó a cenar. Dicen que conversaron toda una noche, aunque algunos afirman que se dedicaron a otras actividades. Se comentaba que ninguna actriz se había negado a los ofrecimientos del francés. Sin embargo, la Bella Otero no aceptó formar parte de su compañía. Quería brillar con luz propia. "Los empresarios y los rufianes viven de las mujeres, pero yo prefiero administrarme sola", solía decir. A Baquerel no le hizo gracia el comentario. Se lo oyó discutir con la Bella. Cuentan que de la discusión pasaron a los insultos, a los golpes y que un jarrón quedó hecho pedazos en el cuarto del hotel. Pero puede ser parte de la leyenda, de una larga historia que ella dice haber olvidado, aunque cuando habla del francés se ríe con malicia, como se ríen los viejos cuando se acuerdan de sus picardías.

Se sabe que aquella pelea con Baquerel no fue la única que la Otero mantuvo con ese y con otros empresarios, quienes cimentaron su fama de mujer de armas tomar y artista de pocas pulgas. Ella no hizo nada por desmentir la imagen escandalosa que comenzó a crecer junto a su fama. En un restaurante, donde comía con un circunstancial admirador, se encontró con Juanillo del Monte, el periodista especializado en chismes del ambiente artístico, quien tuvo la mala idea de tomarla en solfa por su mal carácter.

—Oye fierecilla: ¿cómo has amanecido? —le preguntó.

—Muy mal, ahora que te veo.

—¡Mal educada, como siempre! —tuvo la imprudencia de decir Juanillo del Monte antes de recibir la bofetada de la Bella Otero.

Con todo, aquellos incidentes no impidieron que la Bella se rodeara de buenos amigos: gente de teatro, músicos, bailarines, cómicos de la legua que probaban suerte en Madrid.

Ésa fue mi verdadera familia, no otra. Con ellos compartí mi vida, con los buscadores de gloria o de un poco de fama, con los mendigos del aplauso, con los pobres con aires de aristócratas. Fui o soy como ellos, no me engaño. Los Juanillos del Monte han hurgado en mi vida sólo en busca de escándalos, nombres de amantes, miserias del corazón. En fin: cada uno se gana la vida como puede. No justificaré ni ocultaré nada; ni amores ni amoríos, que no puedo ni debo juzgar. Por otra parte, nadie es la misma después de tantos años. Sólo que ahora recuerdo con mayor benevolencia lo que en otro tiempo pudo ser un drama. Yo estaba en Madrid cuando supe que Gaudí y el conde Güell habían hecho las paces y que caminaban juntos por las Ramblas de Barcelona, como buenos amigos. Me alegré de verdad. Me apena la gente que se separa por líos de alcoba, por el amor propio que enturbia la pasión y posterga los buenos sentimientos. Es injusto: se pierde demasiado tiempo con los celos, por la envidia hacia el rival, por la vanidad (sobre todo en los hombres) de poseer a la persona amada. Claro está que cuando una lo entiende, ya es demasiado tarde.

Yo estaba enferma de celos, loca. Todo comenzó al enterarme de que Abdul había llegado a Madrid. Venía en una troupe de acróbatas que recorrían el mundo. Me sorprendió que no hubiese asistido a mi espectáculo. Al fin, yo era bastante conocida en ese entonces. "Si Mahoma no va a las montañas...", me dije y decidí ir a buscarlo. Él me había regalado la mejor de mis noches. Me sentía como una tonta, como una adolescente en la primera cita, con una loca taquicardia que empezó apenas vi su foto en el periódico. Abdul lucía imponente. Tomé un coche y llegué al Gran Kursaal, donde los acróbatas preparaban sus números. Entonces lo vi: un muchachito le pasaba ungüento por las piernas. Había algo equívoco en él. Supe que Abdul disfrutaba ese masaje, esa caricia. Pensé en volverme. Pero la voz de Abdul me detuvo:

—¡Carolina! ¿Será verdad tanta belleza?

Sonreía el maldito; sonreía con esa boca que yo tenía ganas de besar, de morder. El muchachito del ungüento dejó de manosear a Abdul y yo me olvidé de mis estúpidos celos y lo invité a visitarme en el hotel. El muchachito no pudo disimular su enojo y salió corriendo hacia el carromato.

Yo estaba temblando al abrir la puerta de la habitación del hotel, al verlo avanzar, majestuoso, hasta la cama y los espejos. Como yo, le gustaba contemplarse, ver sus atributos. Me desvistió y se dejó desvestir lentamente. Mis manos comenzaron a recorrerlo. Busqué su boca, que se mantuvo cerrada, en una mentida resistencia. Yo ardía por dentro. Me arrojé a la cama, esperándolo, pero Abdul pidió que bailara para él. Eran sus ojos los que me guiaban, los que hacían ondular mi cuerpo. Él murmuraba mi nombre como si cantase, en una salmodia que aumentaba el deseo. Gozaba lo que veía, dijo.

Cerré los ojos, como si lo soñara.

Siente celos. No quiere que otros toquen ese cuerpo que ella recorre con su mano y su lengua; que nadie se interponga entre los dos. Pero no es posible, lo sabe. La troupe de los acróbatas debe partir hacia los Estados Unidos. Ella le pide que se quede. No es posible. Entonces la imagen del muchachito que pasa ungüento por las piernas de Abdul aparece entre los besos y las caricias de los amantes. Carolina lucha con el fantasma de los celos. Se humilla, sabe que se humilla mendigando otra noche.

—Voy a volver —promete Abdul.

Los celos y la envidia eran el plato fuerte de las tonadilleras de Madrid. Lo servían gustosas a los cronistas y los críticos, esos cuervos que revoloteaban por los teatros y entraban a los camarines y se alimentaban con la carroña de los chismes. La Bella Otero era, quizá, una excepción. Detestaba los rumores, los cuentos de alcoba, los secretos de sus colegas y rivales. Prefería el escándalo. Cuando el empresario Baquerel dijo que Carolina se moría de envidia por Charito Guerrero, en público lo trató de marica y mal nacido. Olvidó los modales aprendidos con el conde Güell y volvió a ser la chica de Puente Valga, de la aldea de Pontevedra. "Rústica", "Campesina", oyó que decían. Se sintió perdida, avergonzada y corrió hacia la calle. Entonces lo vio. Venía caminando con un grupo de jóvenes que entonaban cantos anarquistas y proferían gritos contra el Gobierno.

—¡Sergio! —lo llamó y sintió que, pese a todo, no estaba sola en el mundo.

Yo no podía entender cómo ese muchacho que tocaba tan bien el piano, que se parecía a Gustavo Adolfo Bécquer, estuviera tan enamorado de la política. Porque eso era amor, no puedo llamarlo de otra manera. Seguro que aquello le interesaba más que las mujeres, aunque más de una vez encontré su mirada posándose en mí. La política era todo para él. Trató de explicarme (y yo simulé escucharlo con atención) cuál era la situación política de España. ¡Lo juro! Sergio Montiel no perdía oportunidad de echarse un discursito. Desde luego, no me acuerdo ni una sola palabra de ese discurso en que mezclaba al rey Alfonso XII y el feudalismo y los nuevos capitalistas, "porque todos, Carolina, al fin son lo mismo, enemigos y explotadores de la gente que trabaja", decía Sergio Montiel mientras yo bordaba mi chaleco de hilos dorados, con el que parecía una princesa (sea dicho con perdón de Sergio y sus amigos anarquistas) y me miraba en el espejo y pensaba que la vida podía ser maravillosa, al menos esa noche, en el momento de salir al escenario para cantar:

Soy un rayo de mi tierra
y mi canto es luz de España
y es mi orgullo ser perfume
de la tierra de las majas.

Sergio Montiel ocupó un cuarto en el mismo hotel en el que yo vivía. Esto despertó algunas sospechas infundadas acerca de nuestra relación. Sería injusto decir que Sergio sólo fue mi pianista, mi acompañante. Fue mucho más que eso: mi amigo, mi confidente, mi hermano. Y cada uno respetó la intimidad del otro. Sin embargo, confieso que a veces me sentí celosa, cuando una muchacha, una bailarina del elenco, compartió con él algunas noches. Me avergoncé de esa actitud, de la necesidad de poseer algo más que la amistad de Sergio. Yo estaba excluida de su otro amor: la política, que era, al fin, su verdadera pasión. Y aunque a veces me observaba como lo hace cualquier hombre, con esa curiosidad que puede transformarse en deseo, seguía guardando una decorosa distancia. Aunque proclamaba el derecho al amor libre, creo que andaba en busca de una sola mujer. Supe que esa mujer no era yo.

Todas las tardes ensayábamos en el teatro. Sergio me enseñaba a colocar la voz, a respirar al fin de una estrofa para iniciar con más brío la siguiente, a marcar la intención de las letras que cantaba. Fue un buen maestro.

Una tarde faltó al ensayo.

En la puerta del teatro, se me acercó una mujer.

—Sergio está herido —me informó.

Estaba en una cama del hospital, vigilado por la Guardia Civil, acusado de alterar el orden público. Tenía la cabeza vendada, los ojos hinchados, el labio partido. Intentó sonreír mientras decía:

—Tendrás que buscar un reemplazante.

—No seas tonto; pronto saldrás de aquí.

—Me llevarán a prisión...

—¡Ni lo pienses!

Me propuse sacar a Sergio de ese embrollo, llamar a mis amigos del Gobierno.

—No lo hagas, no quiero comprometerte —rogó con la cara más triste del mundo.

Como se sabe, no hay nada que despierte más el instinto maternal de una mujer que ver a un hombre desamparado.

—Ahora descansa, duerme —le dije mientras lo cubría con su manta.

Sergio obedeció.

No dudé de que obtendría su libertad cuanto antes. Yo haría lo que fuera por conseguirla.

Al salir del hospital, oí el silbato de un centinela y el ladrido de un perro.

VII

Hubo un malentendido en torno a la Bella Otero: vincularla con los grupos anarquistas que operaban en España. El malentendido surgió cuando se supo que su amigo, el pianista Sergio Montiel, de filiación anarquista, había servido de correo entre los ácratas que respondían al ruso Bakunin. Los anarquistas habían proliferado después de la restauración de los Borbones y entre sus filas se encontraban algunos artistas e intelectuales como Sergio Montiel, creyentes de la Revolución. Nada tan alejado de la naturaleza y el temperamento de la Bella Otero, proclive al lujo y al placer, amiga de reyes y príncipes de su época. Uno de los nobles que la frecuentaban era el duque de Albornoz, que distraía su viudez en Madrid y en París con las actrices y tonadilleras de la época. Su fama de Don Juan, alicaída con los años, sobrevivía a sus achaques e incurable sordera. Más que oírla, él veía a la Otero como "una pintura que baila". La gracia de Goya y la delicadeza de Velázquez se unían en esa figura que se movía en el escenario como escapada de la tela de un virtuoso. Otros argumentos más prosaicos, como las fuertes caderas de la Otero, también habían despertado la atención del experto.

Hombre de mundo, el conde de Albornoz se daba tiempo para sus conquistas. No se engañaba: sabía que su alcurnia sumada a su riqueza servía de atractivo (de "carnada" diría en los momentos de extrema sinceridad) para conseguir los favores de las reinas de la farándula. No se culpaba por ello. ¿Acaso los príncipes y los papas no habían conseguido el favor de los artistas a través del mecenazgo, de la benévola protección para esas criaturas? ¿Los poetas no habían escrito encendidas alabanzas a sus protectores? Nada había de malo entonces en que él dispusiera parte de su dinero para dedicarlo al teatro y, en especial, a las actrices, bailarinas y cantantes que alegraban su vida.

El duque de Albornoz, a diferencia de los jóvenes impetuosos, disfrutaba los prólogos de su ya menguada actividad amorosa. Para él, las citas, los encuentros en sitios elegantes, las buenas comidas, los vinos, la conversación, eran tan importantes como las caricias y promesas que llevan a la cama. Así lo entendió la Bella Otero, que aceptó su compañía y su amistad. Gracias al duque, entre otras cosas, Sergio Montiel, sospechoso de subversión, se salvó de la cárcel.

Cuando años después se supo que Sergio Montiel era un activista, hubo quienes acusaron a la Otero de ser su protectora y su cómplice. Se dijo que ella no podía desconocer del todo las aficiones de Montiel, su acompañante en las largas giras por Europa. Pero eso era ignorar la índole de la Otero, a quien los movimientos de la historia la tenían sin cuidado. Lo único que contaba es que Sergio era su amigo y un excelente pianista, un hombre prudente, discreto, incapaz de inmiscuirse en sus relaciones personales o lo que es lo mismo: en sus aventuras amorosas.

En el prontuario de Montiel, que se conserva aún en los archivos de la policía secreta, pueden verse todavía las fotos en las que aparece la Bella Otero junto a algunos de sus famosos amantes, hombres de la nobleza. En un segundo plano puede observarse la figura de un sujeto de extraordinario parecido con Gustavo Adolfo Bécquer. Es Montiel. Está allí como estuvo en la vida de la Otero, como un testigo fiel y silencioso.

Yo le agradecí al duque de Albornoz que sacara a Sergio de la cárcel, convaleciente aún de sus heridas. Él me aconsejó ("por tu bien, pequeña") que me alejara de los políticos revoltosos. Nada tenía que hacer con ellos. En cambio, junto al duque, podía acceder a los salones de la aristocracia. El duque no me ocultó. Al contrario: me mostró con toda naturalidad, como si fuera su prometida. Tampoco hizo caso a los informes de la policía secreta que veía espías en todas partes. Mujeres de vida galante, cortesanas, tonadilleras, actrices y trotacalles eran interrogadas cada vez que se producía un atentado. "¡Estos tíos me tienen harta!", le dije al duque, con quien me fui durante varias semanas a París.

Nos llevábamos bien, sin sobresaltos. Como amante, el duque no era demasiado exigente. Se nos podía ver como una pareja conforme con su vida conyugal. Quizá por eso el duque se confundió y comenzó a tratarme con las exigencias de un esposo. Una lástima, en verdad: transformó en rutina lo que pudo ser dulce diversión. Y, como la mayoría de los hombres, se enfermó de celos. Durante un tiempo espió mi correspondencia. Buscó inútilmente algún dato, alguna palabra comprometedora. Sólo encontró énfasis románticos y una que otra palabra obscena. Nada de lo que pudiera arrepentirme. Por eso considero muy injusto que me acusaran a mí de espiar al duque. Fue él quien lo hizo, no yo.

Pero quien no quedó exento de sospechas fue Sergio Montiel, el pianista de la Bella Otero, observador (muchas veces involuntario) de la pareja. El duque, por su avanzada edad y en razón de su sordera, hablaba casi a los gritos de las cosas más íntimas. No eran éstas de interés para Montiel, sino otras, referidas a ciertos secretos de Estado, que el duque le confiaba a su amante. No fue la Otero la infidente. Bastaba acercar la oreja al cuarto de los amantes para escuchar toda clase de informaciones en boca del anciano locuaz. Lo único que hizo Sergio Montiel fue tomar nota de alguna de ellas. Pero no fue un agente pertinaz, un laborioso espía.

—Quiero que seas mi mujer, Carolina.

—Soy tu mujer.

—No así, no como una barragana.

—¿Y cómo, entonces?

—Como mi esposa. La duquesa de Albornoz.

—Sabes que no es posible...

—Lo es: lo único que tienes que hacer, pero ahora mismo, es dejar tu carrera de cantante.

—No, no puedo...

—¿Pero por qué?

—¡Porque no quiero hacerlo!

Aquella discusión se prolongó durante varias noches. De ella fue testigo Sergio Montiel. Sólo testigo. Entre los malentendidos acerca del pianista de la Otero figura la sospecha de su participación en la muerte del duque de Albornoz. Calumnias. El viejo murió al fin de una noche de excesiva actividad erótica, por causas naturales, de un paro cardíaco, después del rechazo de la Otero a su pretensión de hacerla su esposa.

La tragedia es mala consejera. Después de la muerte del duque, todas las canciones de mi repertorio me parecieron banales. Tardé mucho en retomar la gracia del cuplé, la picardía, la doble intención, los gestos de la tonadillera. La tragedia destruye, seca el alma. Me sentía vacía por dentro, incapaz de sentir la alegría que el público esperaba de mí. De a poco, con ayuda de Sergio, retomé los ensayos. Cumplí con esa dura ley del teatro, que todo cómico reconoce como suya: la función debe continuar.

Un amigo de Sergio, el joven Rafael Barrett, solía llegar al teatro una hora antes de la función. Sergio, en el piano, hacía algún ejercicio, quizá para que no se oyera lo que hablaban en voz baja. Me divertía observar a un joven tan apuesto, tan delicado, en su papel de conspirador. Al verme, se ruborizaba como un niño. Confieso que comencé a sentir por él cierta ternura. Era el hijo natural de un súbdito inglés y de algún modo llevaba la orfandad en la cara, en los ojos muy tristes. Una tristeza muy dulce, voluptuosa, como la música de Chopin que Sergio tocaba durante los intervalos. Rafael se quedaba escuchándolo, entre bambalinas. Supe, después, que me esperaba, pero que no se animaba a decírmelo. Una noche de lluvia, lo encontré en la puerta de mi camarín. Tomé sus manos y lo llevé hacia mí. Sentí que temblaba. Podía oír su corazón. Busqué su boca. Estábamos de pie, uno junto al otro. Se oía, a lo lejos, la música de Chopin, las voces de la gente del teatro, el sonido de la lluvia. Abrí mi blusa y le ofrecí mis pechos.

Así como fui un poco la hija del duque, fui otro poco la madre del libertario. Es cierto: yo era muy joven entonces, pero a falta de años me sobraba experiencia. Aunque éramos casi de la misma edad, yo me sentía en la obligación de protegerlo. Es difícil unir la imagen de ese muchacho, casi adolescente, con la del hombre que pocos años después llegaría a América, para internarse en la selva paraguaya y compartir las penurias y rebeldías de la gente de los obrajes. Al menos no es fácil para mí. Nos reíamos como chicos y él me contaba los cuentos de su madre andaluza. Del inglés no me hablaba. Tampoco de sus estudios en la Universidad de Madrid. Era un alumno brillante. Claro que nadie podía sospechar entonces que Rafael se transformaría en un revolucionario de la América del Sur.

¿Qué fue a hacer allí?, me pregunto todavía hoy. ¿Por qué los hombres son tan insensatos? Lástima que no esté Manuel, el argentino, para explicarme lo que él llamaba las contradicciones de la historia. Lástima que todos mis amigos estén muertos.

Por aquel entonces, según recuerdo, de todas las monarquías de Europa la de Rusia era la más fascinante. El conde Güell y el duque de Albornoz me habían hablado del país de los zares, del que yo sabía muy poco. Por eso me sorprendí al recibir una invitación para viajar a Rusia, firmada por el gran duque Nicolás Nicolaievich.

Estimada señorita:

He tenido el gusto de verla bailar y cantar en un viaje que realicé a Madrid por razones diplomáticas. Por esas mismas razones me abstuve de llegar hasta su camarín y expresarle mi admiración.

Ojalá pueda hacerlo ahora si usted acepta venir hasta aquí, acompañada de su pianista, de quien también pude apreciar su gran talento.

En caso de aceptar, enviaré cuanto antes el dinero necesario para el viaje.

Espero que se haga realidad este íntimo anhelo de su admirador:

Nicolás Nicolaievich
Gran duque de Rusia

Aunque la cantante y su pianista habían sido invitados por un miembro de la nobleza, pariente del zar de todas las Rusias, al hacer sus pasaportes, como suele ocurrir, tuvieron que responder a toda clase de preguntas. Impaciente, la Bella Otero pidió hablar con el señor ministro o con el mismo rey, ya que debía embarcarse en el Transiberiano, en ese tren que corría ajeno a las miserias del mundo. En él sólo viajaban personas distinguidas, gente que no podía perder tiempo respondiendo a las preguntas de funcionarios de segundo o tercer orden.

—¡Espero que me entiendan! —se enojó la Bella Otero.

Días más tarde, con los papeles en regla, viajaron a París para embarcarse en el Transiberiano. Para la Bella Otero, París era "el lugar donde debí nacer" como dijo años después, cuando ya lo había conquistado. Pero ese día sólo fue una calle empedrada, los edificios grises, un puente sobre el Sena, el olor de la estación donde se apiñaban los viajeros. Entró a París como a un escenario. Una vez en el tren, se sintió merecedora de ese lujo, de una atmósfera donde no cabían las fealdades de la pobreza. Las cortinas, el tapizado de los sillones, la *boiserie* de los pasillos, la platería del salón comedor, todo parecía dispuesto para poder disfrutar un largo viaje que, de otro modo, sería una condena. Se recostó en la litera de su camarote, se miró en el espejo biselado y apoyó su cabeza en uno de los almohadones. Podía soñar despierta, borrar de una buena vez la pesadilla de la chica de Puente Valga.

En el Transiberiano, al igual que en los transatlánticos, el viaje se transformaba en un pretexto para conocer gente de alcurnia o de fortuna, personajes del poder. Nobles, políticos, diplomáticos, alternaban con damas de la alta sociedad o meretrices de lujo. Allí, la Bella Otero compartió el viaje con un enviado de Leopoldo de Bélgica, quien le aseguró que su rey tenía gran interés en conocerla. Cuando la Bella Otero se retiró a su camarote, el emisario convidó a Sergio al salón comedor, donde continuó haciendo el elogio de su monarca y explicando su teoría sobre el reparto del mundo colonial. Sergio aprovechó esa ocasión para mostrarse como un ignorante político; es decir: como un artista. Los dos hombres, entre el humo de los habanos y las copas de coñac, intercambiaron chismes de la política y el arte durante varias horas. "He aprendido mucho, señor", confesó, sin mentir, Sergio Montiel, al fin de aquella charla, en la que obtuvo información de primera mano. El Transiberiano corría por el tiempo con sus mujeres perfumadas, sus espías y sus aventureros.

Cuando llegaron a Moscú, nevaba como en una novela rusa. Subieron a la troika que les envió Nicolás Nicolaievich. Durante el trayecto, ella se apretó a su amigo Sergio. Otra vez se sentía perdida en el mundo. Protegida por una manta, un tapado, un gorro de piel, igual temblaba ante lo desconocido. Como si temiera que descubriesen quién era en verdad, como si alguien, desde la oscuridad del sótano, la llamase

"Agustina" y ella se echara a llorar sobre un vestido manchado de sangre.

Lo que ocurrió después se comentó durante largo tiempo en la corte del zar y también en los círculos intelectuales de Rusia, que criticaron con vehemencia las extravagancias del gran duque Nicolás Nicolaievich por haber traído de tan lejos a una cantante y bailarina de fama y moralidad dudosas. Virtuosos hasta la exageración, vieron a la Bella Otero como un icono del mal, del despilfarro y el vicio. En vano el pianista Sergio Montiel intentó su defensa frente a los camaradas rusos, en una larga y ardua noche en que se discutió la posibilidad de que Sergio envenenara al gran duque. Por fin abandonaron esa idea. Entretanto, la Bella Otero se preparó para una única y excepcional función en el palacio.

Como casi todos los libertarios, Sergio Montiel era un pudoroso moralista. Nunca habló de aquella función, de esa fiesta privada para diversión de unos aristócratas. Fue la misma Carolina quien se la contó con lujo de detalles a un periodista argentino, el señor Juan José de Soiza Reilly, quien la describió años después en la revista *Caras y Caretas,* que se publicaba en Buenos Aires. Decía allí: "...hallándose la Bella Otero en Rusia, un noble de la corte del zar ofreció a sus amigos un banquete. Al final, en el momento de los postres, el anfitrión hizo sonar un timbre. Se abrió una puerta y por ella pasaron doce sirvientes vestidos de librea llevando en hombros una colosal fuente de plata. En medio de la fuente, como un postre, estaba la Bella Otero, vestida de sí misma... Era una Venus en todo el esplendor de sus veinte años. Y los comensales se inclinaron ante aquella belleza."

VIII

En 1889, la Bella Otero y su pianista llegaron a París. Aquel año, según se decía, aquella ciudad era la vidriera del mundo. Se realizaba la Gran Exposición Universal y en las calles, los cafés, los teatros, se oían distintos idiomas de la Tierra. La Bella Otero decidió que ése era el lugar donde debía vivir, el que le correspondía.

Desde luego, tenía que hacerse conocer. Pero no quería empezar como cualquier novata. Se instaló en un gran hotel junto a su pianista y se hizo ver en los estrenos de los teatros y las funciones de la ópera. Gastó su dinero invitando a su mesa a los críticos más recelosos y astutos de París y encargó su ropa a los mejores modistos. Dispendiosa, lució su aire aristocrático en el Maxim y el Club de París, donde durante años tuvo su mesa. Entretanto, mantuvo algunas entrevistas con los empresarios y dueños de las salas de teatro. Habló sólo con los grandes: con Thiers, Diblan, Fontelville. Supo que el antipático de Baqueral se oponía a su llegada, que trataba de imponer a Charito Guerrero como la única representante del auténtico género español.

La realidad es miserable, como decía la Bella Otero, y el teatro es su metáfora. Sólo los que han estado en él saben de las miserias, las traiciones, las envidias que despierta el espectáculo. Y, no obstante (y esto lo supo desde muy joven la Bella Otero), no hay actividad más deliciosa, no hay mayor placer que subir a un escenario "y sentir que una es más que su persona, una es el sueño de una misma", como le confesó a su amiga Colette años más tarde.

París era el mundo y París era el teatro. Desde los teatruchos de mala muerte como el Trianon de Montmartre hasta las salas de prestigio que sobrevivieron a esa época, como La Cigale y Olympia y el Apolo. París era el teatro clásico, pero también las operetas, los vodeviles, los números de magia, los ventrílocuos, las cantantes excéntricas. La Bella Otero brilló en ese mundo y cantó, desde sus escenarios, el cuplé de *La reina de los apaches:*

En París yo soy muy famosa
por gentil y por peligrosa,
de los apaches reina soy
y amor despierto donde voy.
Por valiente todos me temen
y es que nada a mí me asustó
pues donde llega el más audaz
saben que puedo llegar yo.

Sin embargo, mi audacia no era nada si se comparaba con la osadía de los hombres de ciencia y los artistas que por aquel entonces vivían en París. No me avergüenzo al decir que yo fui una ferviente admiradora de la torre Eiffel, considerada un adefesio por los amigos intelectuales de Sergio Montiel. No me importaron sus bromas, sus comentarios irónicos. Aquellos poetas a quienes no leía nadie, esos pintores que se elogiaban cuando estaban juntos y que se destrozaban con ferocidad apenas uno de ellos abandonaba la mesa del café, no me desanimaron. Desoí los chistes y los versos procaces acerca de la torre Eiffel, de su desmesura erecta. Yo elogié su arquitectura, y la exalté en una de mis canciones. Admiré a Eiffel, como antes había admirado a Gaudí. A él le asombró esa admiración, exótica en una muchacha inculta, en una cupletista. Y quiso conocerme. Nos encontramos una tarde en un café de Montmartre. El ingeniero tenía entonces cincuenta y siete años y yo veintiuno. Aquel hombre me recordó a don Torcuato Trelles, por lo paternal y bondadoso. Pero a diferencia de don Torcuato, siempre metido entre sus libros, Gustavo (él me pidió que lo llamara por su nombre) se veía como un hombre de acción, alguien que sobrevive al paso de los años.

Quedamos en volver a vernos varios días más tarde, para visitar su obra.

Yo vi a París desde lo alto, desde la torre que construyó mi amigo. Vi la ciudad más hermosa del mundo a mis pies. El viento me golpeaba la cara y tuve miedo de caer al vacío. Pero sentí las manos de Gustavo en mi cintura. Me quedé tranquila, inmóvil, como en éxtasis. Sentía su respiración en mi nuca. Deseé quedarme allí, no descender a las miserias de la realidad. Olvidarme de mí. Gustavo besaba mi cuello, mientras me sostenía y me llevaba hacia él. Entrecerré los ojos. París, desde lo alto, era mi propio sueño.

Ese año, Sergio Montiel, el pianista de la Bella Otero, asistió al Congreso Socialista de París, donde quedó fundada la Segunda Internacional. Así se lo comunicó a su camarada, el anarquista italiano Malatesta, que ese año estaba en Buenos Aires, cumpliendo tareas de agitación entre los obreros argentinos. (Ya desde entonces Sergio Montiel estaba al tanto de lo que ocurría aquí, en este país remoto, tan lejos de París). "A propósito: cuénteme algo de su amiga", le escribía Malatesta, quien comparaba el arte de la Otero con el de su amigo Frégoli, el transformista, quien en ese año de 1889 presentaba en el teatro Grande Esedra de Roma, su espectáculo *Il camaleonte,* donde alternaba el texto hablado con la danza y la interpretación de varias canzonetas. "Creo que a partir de aquí puede pensarse en un teatro antiburgués, antisolemne, desfachatado, irreverente, paródico y, desde luego, político", escribía Malatesta. Años más tarde, el propio Montiel trataría de llevarlo a la práctica. Pero por aquel entonces se limitaba a cumplir con su labor de arreglador musical y pianista de la Bella Otero. "Cuando Sergio me acompaña, hasta yo misma creo que canto bien", comentaba la diva.

En París ella cantaba *La chica del 17* como si estuviese en Madrid. Unas bailarinas-cantantes le hacían coro, interpretando a las vecinas chismosas. El escenario se transformaba en la réplica de una vecindad madrileña. En la introducción, Sergio Montiel imitaba a los pianistas de café-concert, desafinados y borrachos. Entre el sainete y el vodevil, aquel número consagró a la Bella Otero.

La chica del 17
de la Plazuela del Tribulete
la tiene con sus juanetes
revuelta a la vecindad.
La gente ya la critica
porque hace tiempo
que no se explica
adónde va la chica
tan bien plantá.
Por eso a las vecinas
les da por murmurar
y al verla tan compuesta

le dicen al pasar:
¿Dónde se mete la chica del 17
de dónde saca pa' tanto como destaca?
Pero ella dice al verlas en ese plan:
la que quiera comer peces
que se acuerde del refrán.
La chica del 17 gasta zapatos
sombrero de alto copete
y abrigo de petigris
los guantes de cabritilla
medias de seda con espiguilla
y viste la chiquilla
como en París.

Así vestía la Bella Otero que vivía en París como una aristócrata. Allí repitió la leyenda de la gitana y el conde, su mentido abolengo. Pero en el escenario contaba historias de la gente común, inventaba personajes y hacía el elogio y burla de la fotografía.

En la Bombilla hace noches
tuve yo una chifladura
de conquistar a un fotógrafo
de esos de cámara oscura.
Entre el vaivén de una polka,
y entre el calor y el mareo
al muchacho le decía
en medio del balanceo:
¡Ay, Nemesio!
¡Ay, Nemesio!
hazme un retrato al magnesio
¡Ay, Nemesio, por favor
házmelo, házmelo, házmelo!

Fuimos de noche a su casa
en el estudio me entró
y preparando la máquina
al instante me enfocó,
no sé de cuántas maneras
el hombre me colocó
pero no hubo fogonazo
que es lo que esperaba yo...

Se veía con Gustavo en aquel París finisecular y galante, ajeno a las costumbres de un hombre serio, dedicado a su trabajo. No fue su amante en un sentido estricto. Solían caminar por el jardín de Luxemburgo y por la orilla del Sena, como buenos amigos. Y ella se imaginaba que lo quería cuando Gustavo se demoraba en la contemplación de un portal o en la curva de un puente. Sin la vehemencia ni la mística de Gaudí, Gustavo estaba orgulloso de su obra que en ese momento parecía desafiar al sentido común. Eiffel creía en la modernidad y en el Progreso (que él escribía con mayúscula) como Gaudí creía en Dios. No respondió al sarcasmo de los periodistas que se burlaron de su obra. Pero la Bella Otero se indignaba por él y en más de una oportunidad discutió con los intelectuales, amigos de Sergio, que se reían de la intrusa de hierro que ahora se levantaba en París. Desde luego, la Otero no hacía la defensa de Eiffel por razones estéticas sino pasionales, por esas razones del corazón que, según Pascal, la razón no entiende. Para un hombre de cincuenta y siete años como tenía Gustavo en ese entonces, esa pasión de la veinteañera pudo ser un regalo tardío, una forma ilusoria de la felicidad. Duró poco, es cierto. Como tantos amores de la Bella Otero.

La torre quedó allí, está allí todavía. Ya no es la intrusa de París sino su símbolo. Ya nadie recuerda las discusiones que suscitó en el lejano París de 1889. Pocos cronistas del vodevil y el varieté han registrado los versos que la Bella Otero cantó en homenaje a la torre Eiffel entre los aplausos, silbidos y gritos de sus fanáticos. Para algún enconado crítico ese cuplé que ella entonaba tenía connotación obscena.

Usted dirá:

¡Ay de mí!
¡Ay de mí!
Esa torre
es para mí.
Ella es mía
¡París!
Ella me hace
muy feliz
Es muy grande
¡ay de mí!
¿Quién se puede

resistir?
¡Ay, París!
¡Ay, París!
Esa torre
es para mí.

Un grupo de jóvenes xenófobos, con el pretexto de sentirse ofendidos con el cuplé de la Otero, irrumpió en el teatro, gritando vivas a la patria y mueras a los extranjeros. Arrojaron verduras al escenario y se trabaron a trompadas y puntapiés con los espectadores. Sergio Montiel arrancó con los acordes de un vals, pero su interpretación duró muy poco. Uno de los atacantes lo derribó con un golpe de cachiporra. Golpeado y maltrecho, con la cara ensangrentada, el pianista Sergio Montiel se levantó y se sentó al piano nuevamente. La Bella Otero sintió miedo, pero dedujo que la violencia era una forma de la estupidez humana y que nada cambiaría con alejarse de París. Debía defenderse desde la ciudad que había elegido y desde el escenario que no quería abandonar. Entonces, ante la sorpresa de todos y acompañada por el pianista Sergio Montiel, la Bella Otero cantó, con inesperado brío, los versos de *La Marsellesa*.

IX

Se dijo que la Bella Otero anduvo de un hombre a otro en busca del padre que la había abandonado. Es una hipótesis como cualquier otra, al fin. Lo cierto es que por aquel tiempo apareció en su vida un hombre que por su edad bien pudo ser su padre y que fue uno de sus amantes preferidos. Ella lo llamaba Bertie.

Ya en ese entonces se hablaba de moral victoriana, cuando alguien se refería a un código puritano de costumbres. Y se aludía, claro está, a la reina Victoria de Gran Bretaña, quien engendró, con el rey Alberto, a un gran vividor, conocido primero como príncipe de Gales y más tarde como el rey Eduardo VII y a quien la Otero llamaba Bertie. Había nacido en 1841 y cuando conoció a la Bella Otero ya era hombre fogueado en aventuras amorosas.

Cuando intimó con la Otero, el príncipe había abandonado a la actriz Nellie Clifden. Al enterarse de esa aventura, el rey Alberto tuvo una crisis cardíaca de la que jamás se recuperó.

—No quiero heredar un reino antes de tiempo —bromeaba Bertie.

—No hables así de tu padre —recriminaba la Otero.

—Háblame del tuyo...

Entonces ella volvía a contar la historia del aristócrata enamorado de la gitana y Bertie simulaba creerle. Sin descender a la miserable realidad con los datos de las genealogías, Bertie la llamaba "mi reina" en español.

—Tuviste muchas *reinas* —se reía la Otero.

—¡No tantas, no tantas! Y ninguna tan bella ni tan loca como tú.

En su carnet de baile (para llamarlo de algún modo) figuraron los nombres de famosas actrices como Sarah Bernhardt y Hortense Schneider y el de la bailarina de can-can del Moulin Rouge Luisa Weber, conocida como "La Goule", retratada por Toulouse Lautrec.

—¡Voy a celarte como una esposa! —amenazaba la Bella.

—¡No, por favor! No ha llegado mi hora todavía.

Bertie estaba dispuesto a cumplir con su palabra de soltero irreductible. Y aunque más tarde el príncipe se casó con la hermosa princesa Alejandra de Dimanarca, no abandonó por eso su afición por otras mujeres. La vida privada del futuro monarca mostró una curiosa tendencia hacia lo artístico, como lo prueba su larga relación con la actriz Lillie Langtry, que terminó en escándalo. Sus incursiones con las damas de la nobleza no fueron menos accidentadas: Lady Harriet Mourdant le endilgó la paternidad de uno de sus hijos.

—¿No sentarás cabeza?

—No; soy lo menos *victoriano* que conozco.

Se encontraba con Bertie en el Maxim. El hombre a veces se levantaba de la mesa e iba hasta la cocina para vigilar personalmente los platos que le iban a servir. "No tenía temor a que lo envenenaran —puntualiza la Otero—. Era un *gourmet,* un refinado... pero también un glotón". Ella lo recuerda sentado a la mesa en el famoso restaurante, con su voluminoso abdomen, su barba muy cuidada, su traje elegante, degustando un plato tras otro, como esos reyes medievales que comían mirando a los cómicos y bufones, mientras oían la música de laúdes, cítaras y címbalos. Bertie hablaba en francés con la Bella, mientras continuaba comiendo, voraz. Sergio Montiel lo miraba de lejos. No lo odiaba, pero no podía dejar de pensar en los mendigos de Londres. A Bertie no le agradaba que se los recordasen. "Siempre habrá pobres en el mundo", afirmaba. Es lo que le dijo a su ex amante, a la duquesa de Warwick, veinte años menor que él, la pequeña Daisy, tan preocupada por el destino de los pobres. "No es cosa tuya, Daisy. Dios sabrá por qué hizo el mundo así". En cambio, la Bella Otero, desprovista de ideología, se limitaba a verlo comer y sonreírle. Hacía tiempo que no sentía hambre.

Sergio Montiel, minucioso, registró muchas de las actividades de Bertie, tantas o más que las anotadas por los agentes de la Reina. La Bella Otero no sospechó que Sergio Montiel, su pianista, siguiera con tanta atención las actividades de su amigo. Sólo muchos años después se enteró de esa afición del músico por hurgar en las vidas ajenas. "En muchas ocasiones —recuerda la Otero— lo encontré demasiado interesado en saber si Bertie se había encontrado con tal o cual persona —embajadores, políticos, aristócratas— o si yo lo acompañaría o no a una de sus habituales *salidas de soltero* a La Riviera, las que solían durar varios meses. No comprendía qué interés podían tener para él esos datos. Tenía asegurado su jornal y yo, por mi parte, jamás le preguntaba por sus misteriosas ausencias fuera de temporada."

El tiempo ha pasado y a nadie le importa si alguno de esos datos se transformaron en pistas útiles para los socialistas y libertarios ingleses, enemigos de la reina Victoria. La Bella no lo sabe, no puede saberlo y menos ahora que es una anciana que va perdiendo la memoria poco a poco. Desde uno de los viejos hoteles de la Costa Azul se oye la música de un vals. Cierra los ojos. Baila sola en la playa. "Dirán que estoy loca", piensa. Pero no es una señora victoriana. No es una señora. Sólo una vieja que recuerda un tiempo que para ella fue mejor.

La Bella compartió con Bertie muchas de sus *salidas de soltero* a La Riviera. Se los veía en la playa y los hoteles, despreocupados y felices. Entretanto, Sergio Montiel escribía sus informes y ordenaba sus datos acerca de las monarquías europeas que dominaban el mundo. También Bertie había recibido algunas noticias que podían inquietarlo: las de un posible atentado a su persona.

—Será mejor que regreses, reina. No estás segura conmigo —le confió a la Bella.

—Nadie está seguro en el mundo, Bertie.

Sueña que es un tigre de Bengala y no ese hombre gordo y cansado que murmura palabras ininteligibles en inglés. Sueña que es otro, el joven que fue, el militar en las tierras de Irlanda. La Bella Otero, desnuda, apoya la cabeza en su pecho. Cortesana. Así dicen. Cortesana. No se diferencia mucho de las otras mujeres, amigas de Bertie, esposas de sus amigos. Todas esperan sus favores. Y él es dispendioso. Paga el placer que le dan. Con joyas que despiertan la envidia de las buenas señoras burguesas. Está solo, como un inmenso Buda, envuelto en la nube de humo de sus cigarros y en la de las intrigas que no cesan. Lo han amenazado y él continúa viviendo sin cuidarse de esas acechanzas, de las que se hará cargo —dice— el día que sea rey. Por ahora sólo quiere disfrutar de un día de sol (así sea el último) y de una hermosa mujer.

La madre de Bertie, Victoria, la reina de Inglaterra y emperatriz de la India, hubiera deseado que su hijo compartiera el gran amor por el Imperio, por las colonias sobre las que un día iba a reinar. Pero Bertie, por aquel entonces, sólo pensaba en placeres mundanos, en mujeres como la Bella Otero. Tomaban sus baños de mar en La Riviera y luego, hasta el atardecer, gozaban juntos en su cuarto. Él la vestía con collares de perlas, con un cinturón adornado con diamantes. Ella se extendía a los pies del futuro monarca y él acariciaba su cabeza; la acariciaba lentamente hasta que ella subía con su cuerpo desnudo y enjoyado, como el de las cortesanas de la India.

Esa noche, en la terraza del hotel, la Bella y Bertie bebían champagne y oían al conjunto de cuerdas que tocaba valses de Strauss. La Otero recuerda que era una noche de luna llena, muy apacible. Fue entonces cuando surgió ese muchacho desde la oscuridad con una daga en la mano. Era un joven que parecía escapado de un cuento de Kipling, un joven moreno destinado a servir al futuro emperador de la India. Pero en esa noche aquel muchacho iba a contrariar su destino y por eso se abalanzó con su daga sobre el príncipe de Gales, sobre el futuro Eduardo VII. Él lo miró, como sorprendido de tener que morir. En ese instante la Bella Otero se abrazó al joven indio y forcejeó con él. La daga cayó al suelo. Ella tenía el vestido manchado de sangre, como en el sótano del zapatero de Puente Valga, en Pontevedra.

Cree que está muerta. Siente que se desprende de su cuerpo y que alguien la sumerge en el río sagrado de la India. Oye el chillido de los monos, el paso sigiloso de un tigre. Corre, ofendida por las maldiciones de la emperatriz. Tiene aún el vestido manchado de sangre, aunque el agua lo destiñe en una lluvia de pétalos. Es la lluvia que lava la cara de los muertos, la que los limpia de impurezas. Sabe que está en la India porque ve los elefantes, las vacas sagradas, la cobra, los mendigos. Los vio, cuando vivía, en las fotos de la *Ilustración Universal*. "Vive", dice una voz del otro lado de la muerte. Por un momento regresa a la terraza del hotel. Bertie la lleva en brazos. Un médico explora la herida. Pero ella sigue corriendo por esa selva de la India y se detiene en las puertas de un templo. Sabe que estuvo allí; reconoce a esas figuras de piedra entrelazadas, a esas mujeres y hombres que hacen el amor en diferentes e ingeniosas formas del deseo. Dos mujeres tocan sus pezones mientras un hombre descansa en la falda de una y las contempla; un adolescente entrega su sexo a la boca de una sacerdotisa arrodillada; dos amantes ensayan las distintas posturas de la cópula en un friso de piedra. Entra en el templo. Hay un frío de muerte. De pronto, en la escultura de la diosa de numerosos brazos, descubre su rostro. Está llorando, y dice, en español, que es una extranjera que jamás tendrá un hijo. "Soy yo", murmura Carolina Otero en el momento de despertar.

—Bertie...

—Descansa, amor. Te debo la vida.

—Bertie...

—Tu amigo Montiel viene en camino. Apenas llegue, yo me iré. Soy un fiel súbdito de la otra reina.

—Nos divertimos, Bertie. Te lo agrdezco... ¿No te vas todavía?

—No; todavía no. Me quedaré unos días, hasta que te repongas.

—¿Quién le avisó a Montiel?

—Uno de mis agentes... es decir, de la reina.

—¡Estamos vivos, Bertie!... ¿No es un milagro?

—La vida es un milagro, amor, un milagro que a veces no creo merecer —dijo el hombre para quien la vida era una fiesta.

Sergio fue a buscar a la Bella Otero a La Riviera. La encontró en la terraza del hotel, cubierta con una manta, tomando el sol otoñal. Esa tarde, Bertie había partido para Inglaterra, llamado por su madre.

—Pensé que no te volvería a ver y tuve miedo, Sergio. Al fin, eres toda mi familia. Como un hermano ¿verdad?

—Sí; como un hermano —respondió Sergio Montiel mientras acariciaba la mano de su amiga.

Llega el otoño otra vez y la anciana que camina junto al mar recuerda el día en que estuvo cerca de la muerte y soñó que era una diosa de la India. “Gracias a Bertie”, dice. Pero no puede contarle esa historia a la gente del puerto ni a los turistas de la Costa Azul. ¿Quién puede creer que esa mujer que parece una mendiga fue amante de príncipes y reyes? Ya nadie se acuerda de la Bella Otero. Será mejor callar. Que nadie diga que es una vieja borracha y mentirosa.

X

¿Qué podía recordar de Bertie, después de tantos años? Su risa, pensó. Una risa a veces estruendosa, exuberante como sus gustos, su apetito voraz. Sí, era su risa la que llegaba de ese otro tiempo que para ella fue feliz. Aunque no podía saberlo con certeza. La memoria corregía lo vivido, embellecía o afeaba a su antojo la presencia de los que ya no estaban en el mundo. Es lo que trataba de explicarle a su amiga Colette, la novelista.

—¿Qué otro hombre te hizo reír en la vida? —le preguntó su amiga. Las dos mujeres hablaban de sus amantes con benevolencia. Ya no eran jóvenes y podían recordarlos sin rencor. Por eso ahora Colette quería saber qué otro hombre, además de Bertie, había divertido a la Bella Otero.

—Gino —dijo ella.

No era un rey ni un príncipe ni un intelectual, sino un artista de varieté, un ventrílocuo como tantos de los que entonces pululaban por París. "Ventrílocuo y *macchiettista*", se presentaba Gino, exagerando sus virtudes escénicas.

—¿Dónde lo encontraste?

—En un bar. Estaba muerto de hambre, querida.

—Los muertos de hambre nos llegan al corazón —observó Colette, que algo sabía de esas cosas.

—¡No vayas a escribir lo que te cuento!

—Te juro que no.

—Como te decía, Gino estaba en un bar. Se acercó a mí y se ofreció para hacer mi retrato. Dibujaba muy bien.

—Una historia muy parisina —observó Colette.

—Gino era italiano.

—¡Mejor! Siempre hace falta un extranjero en una buena historia "a la francesa" —dictaminó Colette.

Gino, al actuar, vestía una levita a cuadros, un pantalón con remiendos, camisa colorinche, corbata voladora y un ridículo sombrero que echaba sobre los ojos cuando hacía el número del apache y el borracho. A falta de acompañante, él mismo tocaba la armónica y la mandolina.

Debutó en el Trianon. La Bella Otero fue a verlo como le había prometido. Se rió mucho con las imitaciones de Gino: la de la señora que no encuentra su bolso y la del prestidigitador con sabañones y el patinador distraído. Años después, en el cine, al ver a Charlot, a Carlitos Chaplin, le pareció reencontrarse con Gino.

—Apenas lo vi, tuve necesidad de protegerlo...

—¡Muy maternal! —sonrió Colette.

¿Por qué una es la madre o la hija de sus amantes y nunca una igual? Es algo que no pude entender. Seguramente me iré a la tumba sin saberlo. El mundo, *mi mundo,* era un mundo de hombres, de machos, de guerreros. Entre ellos apareció Gino con su risa. Él me alegraba la vida. ¿Se dice así? ¿Se puede decir así sin temor a ser cursi, a ser o parecer una vieja ridícula que cuenta lo que no se debe? ¿Molesto? ¿Ofendo el pudor? Voy a confesar algo: yo hubiera dejado todo por Gino. Por ese entonces me cortejaba el príncipe Nicolás de Montenegro. Un hombre muy gentil. Pero yo estaba enamorada de Gino. O me divertía con Gino. No es poco. Si me veía preocupada, sonreía como sólo él sabía hacerlo y, transformándose en prestidigitador, sacaba una flor de papel y me la entregaba.

No fui una cortesana astuta como se dijo por ahí. Por el contrario, traté de disuadir al príncipe de Montenegro apenas conocí a Gino. Él insistió, él fue a buscarme cada noche a la salida del teatro, él me envió toda clase de cartas, de mensajes, de regalos.

Uno de esos regalos fue la causa de un enorme disgusto personal. Se trataba de una joya muy valiosa que el príncipe Nicolás de Montenegro me obsequió entre juramentos de amor.

No debí aceptarla; pero él insistió. Yo no sabía entonces que el imprudente de Nicolás me regalaba una joya de la corona de Montenegro. Fue un penoso malentendido. Una tarde se presentaron en el teatro dos enviados del pequeño país y me pidieron que les entregara la joya que, según ellos, les pertenecía.

—Es un regalo del príncipe Nicolás —les recordé.

—Una joya de la corona de Montenegro —afirmó uno de los enviados— no se puede regalar.

—Podemos acusarla de hurto, señora —agregó el otro.

—Nicolás no lo permitiría...

—Evitemos el escándalo —propuso el mayor de los enviados, el que llevaba una condecoración.

—Habrá una recompensa —dijo el otro.

En ese momento entró Gino. Iba hacia el escenario con su muñeco Parlanchín, un muñeco políglota, que hacía las delicias del público con sus frases y retruécanos ingeniosos. Seguramente Gino había oído la conversación que yo mantenía con los enviados del reino de Montenegro, porque preguntó:

—¿Ocurre algo, señora?

—Nada que a usted le importe —se insolentó uno de los enviados.

Gino no le respondió. En cambio habló por él su muñeco Parlanchín.

—¿La molestan estos dos imbéciles?

—¡Trata como corresponde a los caballeros! —fingió que lo reprendía Gino.

—¡Entonces habrá que darles una patada en el culo! —exclamó Parlanchín en el mejor estilo de la *macchietta*.

Me reí mucho aquella tarde; me río aún pensando en la cara de espanto de aquellos señores del reino de Montenegro. Creo que el príncipe Nicolás jamás se enteró de esa visita.

La historia del teatro y el vodevil, del varieté y el music-hall, ha relegado al olvido a muchos ventrílocuos de entonces. Grandes luminarias, como Borel, Fritz James, Thiernat y Saint-Giles, famosos ventrílocuos, han opacado la trayectoria de hombres como Gino. Suele ocurrir. El reparto de la fama no es equitativo. El talento, el azar, la suerte, pueden jugar en contra o a favor de estas criaturas. Y a veces, como en el caso de Gino, la fama del muñeco supera a la de su creador.

El amigo de la Bella Otero solía utilizar a Parlanchín para expresar su desprecio a las monarquías. Era un republicano convencido, admirador de Garibaldi. Oponía su arte al de los autómatas del siglo XVIII, "diversión ociosa de los aristócratas", según su opinión y la de Sergio Montiel.

Yo los oía hablar de política mientras me preparaba para salir a escena. Sentía que los traicionaba a los dos con mis amigos de la nobleza. Ahora me río, claro; ya casi no hay reyes en el mundo. Hay días en que sueño que soy una autómata que baila en un palacio abandonado. Allí está Bertie y el conde de Albornoz, el conde Güell, el príncipe Nicolás de Montenegro y Nicolás Nicolaievich, el Gran Duque de Rusia. También está Leopoldo II de Bélgica, el más viejo, el más triste.

—Te estuve esperando, Carolina. Me dijiste que ibas a volver.

—Había guerra en el mundo, Leopoldo. Tenía miedo.

—Yo te hice construir una escultura de marfil en el Congo...

—¡Qué locura!

—Yo me enloquecía con sólo mirarte, Carolina.

Ella gira en el sueño, gira como esas muñecas de cerámica que dan vueltas en las cajitas de música.

—No te escucho, Carolina.

—Debe ser el ruido de la guerra.

—Ya no hay guerra.

—Es otra guerra, Leopoldo. El mundo es otro.

Se comentaba que todos los reyes de aquel tiempo eran parientes y que todos dormían en la cama de la Bella Otero. El príncipe de Gales era pariente del Kaiser alemán y hermano de aventuras de Leopoldo de Bélgica. Se repartían el mundo y las mujeres. Promiscuos, concurrían a los mismos salones, teatros, hoteles y casinos de Europa. Sus dominios estaban lejos de allí, en África del Sur, Australia, Nueva Zelanda, Camerún, Togo, Tanganika. A la Bella Otero le gustaban las piezas de marfil, las pieles, los escudos de esos países lejanos que nacían o morían según el capricho de sus amantes. Sergio Montiel los despreciaba. Durante años conspiró contra ellos. Pero en sus escritos jamás mencionó a la Bella.

Alberto de Mónaco conoció a la Bella Otero en el casino, cuando ella apostaba una considerable suma de dinero y desparramaba las fichas en la mesa. Le atrajeron sus manos. No había visto a la Bella en París aunque conocía su fama. Ahora ella estaba en su territorio, enclavado en la costa de los Alpes Marítimos, al este de Niza, en esa franja de tierra y mar destinada al placer, al lujo y al juego. Se la veía bien allí, entre las aristócratas y las aventureras a la caza de millonarios. Alberto de Mónaco se acercó a la mesa donde jugaba la

Otero. Ella comprobó que era tan apuesto como el príncipe que figuraba en la pintura del salón principal del hotel. Esa noche la suerte le era favorable. Cuando cambió las fichas, tenía una fortuna en sus manos. Y un príncipe que la esperaba en las afueras del casino, en un coche cerrado a la curiosidad. Se internaron por un camino que bordeaban los altos cipreses. Alberto buscó la boca de la mujer. Ella lo ayudó a abrir el vestido. El coche siguió andando bajo la luna llena.

"Un humilde *macchiettista* no puede competir con tantos reyes", se burló Gino mientras preparaba sus maletas. Me informó que se embarcaba hacia los Estados Unidos.

—No puedes irte así —le dije.

—¿Por qué no?

—Porque habíamos quedado en que cada uno le avisaría al otro si pensaba separarse...

—Te lo estoy comunicando, Carolina.

—¡Esto es absurdo! ¿Acaso no la pasamos bien en la cama?

—¡Más que bien, Carolina, más que bien!

—Entonces ¿por qué te vas?

—Quiero conocer América.

Sentí que lo odiaba; odié su orgullo de macho ofendido. Gino me dedicaba su sonrisa más encantadora mientras ponía sus ropas en el baúl, su vestuario de ventrílocuo y *macchiettista*.

—Hay un porvenir allí —continuó diciendo sin reparar en mi rabia, en la angustia que me producía su separación.

—¡No me dejes como a una muñeca rota! —le pedí.

En ese instante, Gino colocó su muñeco en el baúl. Y yo supe que no lo volvería a ver.

XI

Se avecinaban malos tiempos. En septiembre de 1894, Marie Bastian, una espía francesa que trabajaba como empleada de limpieza en la embajada alemana, encontró una carta comprometedora que llevó al capitán Dreyfus a la isla del Diablo, en la Martinica. El capitán Dreyfus, como se supo después, no era un espía. Pero era judío y eso fue suficiente para hacerlo sospechoso en esos años de feroz intolerancia. Por las calles de París, jóvenes fanáticos expresaban su odio frente a las sinagogas y tiendas de los judíos y transformaban el nombre de Dreyfus en injuria.

Una noche, a la salida del teatro, reconocieron entre los espectadores al periodista Maurice Meyer, amigo del novelista Émile Zola y defensor, como él, de la inocencia del capitán Dreyfus. Se precipitaron contra él en medio de insultos y trompadas. El joven Meyer se defendió con golpes de bastón.

Alguien lo golpeó con una barreta y Meyer cayó al suelo, ensangrentado. Sergio Montiel lo encontró en la puerta del teatro y junto al sereno cargó el cuerpo de Meyer y lo llevó hacia los camarines.

Nunca vi a nadie tan parecido a Cristo. Sólo le faltaba el sudario. O la corona de espinas. Su rostro delgado, que enmarcaba una leve barba, caía hacia el hombro izquierdo. Cristo. Cristo en la cruz, pensé. O en la tienda de don Sebastián. O en el convento de las monjas Oblatas. Cristo redivivo y vuelto a morir por el odio de los hombres. Ésa fue la primera imagen que tuve de Maurice, la que todavía me acompaña. La sangre caía desde su frente, bajaba hasta rozar su boca, se deslizaba bajo el mentón. Con Esther, la vestuarista, tratamos de contenerla hasta que llegase el médico. "María y María Magdalena", comentó Sergio como si viera en verdad una imagen sagrada. No lo dijo en broma, lo recuerdo bien. Me impresionó oír esas palabras en boca de un agnóstico. "Cristo. Cristo en la cruz", volví a pensar y me arrodillé junto al caído.

Sergio Montiel intentó explicarle a la Bella la lógica de lo irracional. Recordó a Chauvin, el soldado de Napoleón que había dado nombre al *chauvinismo*, a ese oscuro sentimiento que ponía énfasis a la patriotería, al miedo y al odio ante lo diferente.

—Los franceses necesitan un chivo expiatorio, Carolina; no soportan sus derrotas y fracasos, como la quiebra de sus bancos o la escandalosa venta de cargos públicos. Ellos necesitan inventar un culpable: puede llamarse Dreyfus.

—¡No puedo creerlo! —se resistía la Bella—. Éste es un país de artistas...

—Y de banqueros y de militares —le recordó su amigo.

Malos tiempos. La vestuarista de la Bella, la delicada Esther, la galitiziana de los hermosos ojos, llegó al teatro llorando. La habían apedreado porque alguien la reconoció como judía.

Malos tiempos, en verdad. Pero la Bella Otero, amiga de príncipes y reyes, creyó que se trataba de una tormenta pasajera; no pensó que podía durar demasiado en el país que había elegido para vivir. No se imaginó lejos de París, la ciudad amada, con sus pintores y sus músicos, sus teatros, sus amigos. Decidió permanecer en ella, a pesar de que ahora el odio se expandía más allá del barrio judío y alcanzaba a cualquier extranjero. No quiso ver, no quiso oír lo que ocurría.

Una noche, en el teatro, alguien gritó:

—¡Fuera gitana!

Ella respondió con un ademán obsceno y con los versos de la tonadilla:

Soy gitana, gitana, señor,
descendiente del Gran Faraón.

Ése fue el comienzo de un gran escándalo. Los jóvenes chauvinistas arrojaban verduras al escenario mientras la Bella Otero no dejaba de cantar:

Como luciendo ricos trajes
me ven por ahí,
muchos por una gran duquesa
me toman a mí.

—¡No eres duquesa, gitana!

—¡Maldita puta!

Bajaron de la tertulia unos mozos fornidos, admiradores de la Otero, y se trabaron a golpes de puño con los provocadores de la platea.

Media hora después, entre las butacas rotas, llegó la policía.

Muchos por una gran duquesa
me toman a mí.

Sí, eso es lo que yo cantaba, Colette, pero sabía que mentía, que me mentía. Nunca fui una gran duquesa, una señora. Siempre tuve miedo a que descubrieran quién era en verdad. Una impostora, Colette. Temía que me llevaran por la fuerza al pueblo en el que había nacido, en el que me violaron. Temía regresar al convento de las monjas Oblatas y que me obligasen a repetir las oraciones sobre una alfombra de sal. ¿Entiendes eso? Sé que lo entiendes, claro. Como yo, sobreviviste a las humillaciones, querida. Como yo, estás sola con tus recuerdos. Pero puedes escribir y ésa es tu salvación. Yo no. Y mi amigo Manuel, el argentino, el que iba a escribir mi historia, tuvo la mala ocurrencia de morirse.

Desde que atacaron a Esther, la vestuarista, mi amigo Sergio se impuso la tarea de acompañarla después de cada función. Yo lo veía cuando guardaba sus partituras, muy apurado, para ir al encuentro de la bella muchacha, la de los lindos ojos. Supe que cumplía bien su misión de ángel de la guarda porque nunca vi tan contenta a mi vestuarista. Una mujer entiende cuando otra comienza a enamorarse, cuando le suben los colores y calores a la cara. Yo los envidiaba, Colette. Ella parecía una criatura como la de tus libros, muy frágil, muy sensual. Los sorprendí mientras se besaban entre bambalinas. Me conmovieron como dos niños en falta, como los primos que se tocan en los rincones a la hora de la siesta. Yo extrañaba a Gino, lo sabes. Pasaba el tiempo pero seguía pensando en él. Extrañaba su risa. ¡Dios mío! ¿Por qué siempre el amor está en otra parte?

Esther contó que había un país, la Argentina, que era como la Tierra Prometida para los judíos. "Voy a anotarme en las listas del Barón de Hirsh", dijo. Sergio se molestó, porque él no podía anotarse en esa lista. No podía ni quería transformarse en un converso para viajar junto a Esther. Argumentó que él no era cristiano ni judío sino un ciudadano del mundo y que su patria era la Humanidad entera. "Discutían como chicos", recuerda la Otero.

De haber sido una escritora como Colette, la Bella Otero hubiera escrito una historia de amor como la de Sergio y Esther, la de una mujer y un hombre que se aman para toda la vida. Se conformó con ser su espectadora, con escuchar las quejas de Esther por la tozudez de Sergio, que no quería saber nada con el Barón de Hirsh y se carteaba, en cambio, con los anarquistas de Buenos Aires, discípulos de Malatesta.

—Si vamos a la Argentina... ¿qué importa quién nos lleve? —preguntaba con buen sentido la hermosa Esther, ignorante de las ideologías.

—Eso es lo único que importa, amor —le respondía Sergio.

Así pasaban las horas. Por suerte, las conversaciones se interrumpían con vehemencia cuando apagaban la lámpara del cuarto.

Ese año perdí a mi músico y a mi vestuarista, cuando se embarcaron en Marsella hacia la América del Sur.

Fui hasta el puerto para despedirlos. Sergio se negó a viajar en primera clase, fiel a sus tontas convicciones. A regañadientes, Esther aceptó el dinero que le ofrecí, el anillo y el collar de diamantes. "Es tu dote, querida". Él, en cambio, llevaba cartas de recomendación para los anarquistas de la Argentina. Regresé a París, sabiendo que me quedaba sola. "Dios dirá", me dije.

Apenas llegué a París, tuve noticias de Gino por la bailarina norteamericana Loïe Fuller, natural de Chicago, creadora de la famosa danza de la serpentina. Ella me contó que Gino había comenzado a trabajar en las barracas y teatros de diversiones de los Estados Unidos y que su muñeco ya tenía fama de procaz y mal hablado en diferentes idiomas.

—Es encantador ¿no crees? —me preguntó la norteamericana.

—Tú has de saber —le respondí, molesta al intuir cierta intimidad entre Gino y la Fuller. La mujer tenía un cuerpo magnífico y ondulaba como una serpentina en el escenario. La había visto bailar y en un momento de la danza sentí una irresistible atracción por ese cuerpo de mujer. "La deseé como la habrá deseado Gino", pensé.

—Habla siempre de ti —comentó Loïe.

—Loïe —le dije y enrojecí al pronunciar el nombre de la norteamericana—, ¿te acostaste con él?

—¿Qué importa eso?

—Ya me contestaste.

Fuimos amigas y rivales durante aquella temporada en París. Ambas compartimos el público y el recuerdo de Gino. Yo contemplaba su cuerpo y ella el mío en esa tierra extraña. Cada una aprendió de la otra; cada una, en las noches sin hombres, se sintió acompañada mirando caer la nieve sobre los techos de París.

Como se sabe, la Bella Otero tuvo imitadoras: "La Bella Leonor", "La Bella Charita", "La Bella Roldán", "María la Bella", "La Bella Oterito". Ninguna la igualó. Copiaron sus gestos, su manera de bailar. Pero ninguna pudo acercarse a la pasión que despertaba. Había algo de desafiante en su manera de moverse, de colocar su mano en la cintura y erguir los pechos como diciendo: "aquí estoy". No temía la competencia de las otras. Las desafiaba cantando:

Me he enterao que hay muchas chulas
ahora mismo lo he sabío
y a la que vea le arranco
yo de cuajo el añadío.
Y la dejo tamañita
la desplumo al natural
y no le crece el cabello
ni con el petróleo Gal.

Los días con Loïe fueron muy agradables, apenas interrumpidos por la maledicencia de algunos críticos y empresarios, celosos de nuestra amistad. Uno de ellos (¡no podía esperar otra cosa!) era Baquerel; otro, un empresario norteamericano, Jurgens, que entró en mi vida a través del escándalo. Pero no quiero apresurarme a contar esa historia. Sólo diré por ahora que Jurgens irrumpió con brutalidad en mi apacible relación con Loïe. Se portó como un marido celoso y ofendido. Pedía explicaciones a mi amiga y fumaba un cigarrillo tras otro. Odio esas escenas. No soporto a los hombres que se creen dueños de nuestras vidas. Pero Jurgens estaba acostumbrado a mandar; era uno de los empresarios más exitosos de los Estados Unidos. Me causó pena y un poco de risa la cara compungida de Loïe, su actitud de niña obediente mientras Jurgens gesticulaba. Salí a la calle riéndome todavía, pensando en el absurdo amor propio de los hombres, en su insensata ambición de poder. Un mes más tarde, Loïe y Jurgens regresaban a los Estados Unidos.

XII

Hubo una noche en que la Bella Otero sentó a su mesa a los grandes del mundo. Fue el 19 de diciembre de 1898, día en que la Otero cumplía treinta años. Ellos acudieron, puntuales, como si los hubiera citado una emperatriz. Primero llegó Nicolás de Montenegro, con quien tomó una copa de champagne. Ni ella ni el príncipe aludieron a la joya de la corona que Nicolás le había regalado. De pronto, ella tuvo nostalgia de un país que no había conocido, de ese antiguo reino balcánico que Nicolás llamaba *Czerna-gora.* "Por Czerna-gora", brindó la Bella Otero. Al rato llegó el príncipe Alberto de Mónaco y un poco después el gran duque Nicolás Nicolaievich de Rusia. Más tarde apareció el príncipe de Gales, quien sería luego Eduardo VII, junto a su hermano de parranda: Leopoldo II de Bélgica. Estaban achispados, con los ojos brillosos. El príncipe de Gales, a quien la Otero llamaba Bertie, propuso un brindis unánime por ella. Discretos, cada uno de los comensales traía sus ofrendas, estuches con joyas que quedaron bajo la custodia de varios agentes secretos.

Bertie se encaminó a la cocina para preparar el plato de su invención: medallón de lomo con salsa de champignon y papas. Oyó la risa de la Otero. Se excitaba con sólo oírla. Sin embargo, esa noche el placer derivaba hacia el aroma y el gusto de las comidas, hacia las salsas, las especias, los sabores agridulces que eran los preferidos de la Otero. "Te vamos a complacer, amor", murmuró Bertie mientras sazonaba el primer plato de la noche.

Los príncipes se sentaron a la mesa. En la cabecera, la Bella Otero sonrió a cada uno de sus amantes. Bertie llegó al frente de los camareros y de unos violinistas gitanos, gentileza del duque Nicolás Nicolaievich que esa noche se sentía tan sentimental como sólo puede serlo un alma rusa fuera de su país. Levantó su copa y derramó una lágrima pensando que diez años atrás, en su querida Rusia, había ofrendado a sus amigos a la Bella Otero vestida de sí misma en una bandeja de plata.

Me parece verlos aún, como si fueran a comerse el mundo. Los veo en la mesa del banquete, con sus trajes y condecoraciones, riéndose entre ellos, buscándome con sus miradas. Me sentí como un fruto más entre los frutos terrestres; la presa y el trofeo de la cacería. Huelo aún el aroma de los alimentos y los vinos, recuerdo los nombres de los entremeses que aludían a diferentes lugares del mundo: el fiambre a la húngara, el catalán, los huevos de California y los florentinos y los huevos imperiales. Nicolás Nicolaievich comenzó con el salpicón Petrograd y Alberto de Mónaco con el *pâté de foie gras* y el *melon frappé*. Nicolás de Montenegro prefirió los calamares fritos y los camarones a la Polinesia. Todos comían ensaladas y pan de apio, mientras contaban los primeros cuentos subidos de tono y abrían el apetito.

Nicolás Nicolaievich, ante el asombro de los demás, pidió su sopa de *borsch*. "Se porta como un cosaco", comentó Leopoldo II de Bélgica, molesto por el ruido que hacía el gran duque de Rusia al beber su sopa. Por suerte (o desgracia para los oídos más delicados) los violinistas gitanos emprendieron con brío algunas czaradas mientras los camareros iban de un lado a otro con sus fuentes y bandejas. En la cabecera de la mesa, yo los observaba, respondiendo a los reclamos de uno y otro, a las atenciones que no dejaban de dispensarme mientras bebían y repetían los brindis en mi honor. Yo disfruté esa noche. Hasta los ausentes habían enviado sus respetos. Uno, entre todos: Guillermo II de Alemania, con quien había intimado. Pero no lo nombré para no despertar la envidia de los demás. Pensé en él mientras servían el pescado a la Munich. "Guillermo", susurré y acaricié su ausencia. Los otros lo temían, lo odiaban, como temían a su canciller de hierro, Otto von Bismarck. ¿Quién no quería asesinar al Kaiser en aquellos años? ¿Quién, entre los nobles que disputaban su poder? "Van a terminar matándose entre ellos", había profetizado Sergio. Mientras comían pensé en la Última Cena y en la cara de Maurice Meyer, el periodista judío, defensor de Dreyfus y amigo de Émile Zola, a quien habían herido en la puerta del teatro. Recordé su rostro, semejante al de Cristo.

"Coincidencias. La vida no deja de ser más que un montón de coincidencias y malentendidos", pensé aquella noche mirando a los que fueron mis amantes. Sentada a la cabecera de la mesa, los veía disputar mis favores, el regalo de una sonrisa, de una caricia fugaz debajo de la mesa. De todos modos, ese día la lujuria recorría un camino inverso al de la costumbre: iba de la cama a la mesa. Ellos comían mirándome, devorándome con los ojos, pensando que hincaban sus dientes en mis muslos y mis nalgas. Mientras lo hacían, trozaban la carne que les servían en platos de porcelana. Vi las bandejas de plata, las enormes fuentes de verduras, las carnes rojizas que acompañaba el vino. Ellos comían, me comían, se devoraban el mundo. Eran sus dueños. Lo habían usurpado e invadido lo mismo que a mi cuerpo. Me pregunté si Bertie se comería las vacas sagradas de la India y Nicolás Nicolaievich los lobos de las estepas de Siberia. Voraces, insaciables, se abalanzaban sobre las presas que los camareros servían como si bailaran. La mesa tuvo límites, como los mapas. Límites que alguien invadió con un codazo, un ademán grosero. Supe que deliraban mientras comían, que engullían pájaros y cerdos y codornices y los frutos del mar. Olvidaban los buenos modales, los códigos de la corte. Contaban chistes y se desafiaban como marineros, como ladrones, como hijos de la taberna. Pero tal vez soy yo la que miento, soy yo la que delira, soy yo la plebeya que cuento lo que debía callar. Llegaron los postres, por fin: plátanos centroamericanos, frutas de Guatemala, Honduras, El Salvador, Nicaragua y Costa Rica. Cuando se sirvió el café (de Colombia y Brasil) los amos del mundo encendieron los habanos que venían de Cuba. Es todo lo que recuerdo. Dicen que esa noche terminé borracha, dormida sobre la mesa. Otros aseguran que los comensales improvisaron un cortejo y me dejaron en el hotel, antes de continuar la fiesta en una casa de putas. Son cosas que se cuentan.

Se ríe la anciana ahora. Se ríe porque es vieja, demasiado vieja: tiene noventa y siete años y ya nadie se acuerda de aquel mundo en el que ella reinó sobre los reyes. "O debajo", se ríe, maliciosa, la anciana que camina junto al mar.

Al día siguiente del banquete, la Bella Otero leyó una carta que le enviaba su amigo Sergio Montiel desde la Argentina.

Chèrie:

Éste es un país sorprendente, imprevisible. Como hecho a tu medida. Debieras vivir aquí. Aquí la realidad parece irreal cada mañana. Contra toda lógica, yo encuentro coherente este caos. Apenas llegué, me vinculé con algunos músicos españoles que trabajan para el teatro. Uno de ellos es Antonio Reynoso, nacido en Bilbao, que llegó a la Argentina en 1889. Por extraño que parezca, este tío trabaja para el llamado "género criollo". Hace música escénica para las zarzuelas y sainetes porteños que se escriben en esta parte del mundo. Me pidió que lo ayudara con las partituras y arreglos de estas obritas. Lo hice con gusto. Intuyo, aunque puede ser que me equivoque, que aquí está naciendo un teatro irreverente y popular. El 17 de abril de 1897, en el Teatro Rivadavia, de Buenos Aires, se estrenó una de estas obritas. Se llama "Los políticos" y su autor es el joven Nemesio Trejo. La música es de Reynoso, que me ofreció la plaza de pianista. Esther, por su parte, está en el plantel de las costureras del teatro, que charlan y cantan todo el día. Me pide que te mande sus saludos. Pronto te escribirá.

Le hablo mucho de ti a mi amigo Nemesio Trejo. Lo hago con tanto entusiasmo, que me pregunta si estoy enamorado de ti. "No lo sé —le digo—. Hemos sido como hermanos". "¡Hermanos incestuosos!", se ríe Nemesio, que es un tipo simpático, que te gustaría conocer. Antes de escribir para el teatro ya era conocido como payador; es decir: como un cantor que discurre con otro, cantando, acerca de los más variados temas del mundo.

Quisiera escribir con él una obra en la que hubiera canciones, tonadillas y esos tanguitos que comienzan a oírse en el suburbio. La heroína sería una española, que llega aquí y trabaja de cigarrera y se enamora de un libertario.

Espero que no te burles de mi proyecto

¡Olvida a tus nobles! ¡Oh, mi reina plebeya!

Te extraña y te quiere:

Sergio

Me hubiera gustado estar en diferentes lugares a la vez, como Frégoli, el transformista: estar con Gino en Nueva York y con Sergio en Buenos Aires. Pero mi vida artística transcurría en París. No podía abandonarla de un día para el otro. Además, por aquel tiempo comenzó a cortejarme el joven Maurice Meyer, el periodista que defendía la inocencia del capitán Dreyfus.

Aquel año de 1898 Émile Zola publicó su célebre *J'accuse*, en defensa de Dreyfus. Maurice lo distribuía con entusiasmo.

No me sorprendió que trajera aquel escrito a mi camarín. Pero al rato me di cuenta de que su visita no era del todo desinteresada. Conozco a los intelectuales: hablan de política o de filosofía mientras te miran las tetas. Los conozco y en cierto modo ellos son mi debilidad. A diferencia de los nobles, que ejercen el poder, ellos tienen una ambición más grande: hacer que el mundo se ajuste a sus ideas, como un corset a mi cuerpo. La comparación no es antojadiza: yo estaba por sacarme el corset, cuando apareció Maurice.

Como buen intelectual, el joven Maurice acostumbraba a dar largos rodeos en torno a sus ideas, se prodigaba en citas y reflexiones, hasta terminar, como todo mortal, en los arrabales del chisme. Su *leitmotiv* era, como dije, el caso Dreyfus. Pero tenía, claro está, otros asuntos de interés, que él podía desarrollar con un estilo esmerado, que comenzaba en la conversación y terminaba en la palabra escrita. Maurice era un pacifista militante. Me recomendó un libro contra la guerra: *¡Abajo las armas!*, escrito por la austríaca Bertha Kinsky von Suttner, hija del conde Kinsky, mariscal de campo y chambelán del emperador Francisco José. Yo simulaba oírlo con la mayor atención mientras él seguía mirándome las tetas. Se sonrojó al comprobar que lo había descubierto. Me acerqué a él y tomé sus manos que temblaban. Su cara de Cristo me conmovió.

—Ayúdame a quitarme el corset —le pedí como una invitación.

Una comprueba la experiencia o inexperiencia de un caballero por la manera en que desata las cintas y lazos del corset. Maurice fue el más torpe. Terminé por aceptar su carácter melancólico, que le impedía excederse en los énfasis del sexo. "Amo tu *élan vital*", me decía, usando una expresión que más tarde empleó el filósofo Benedetto Croce. Se sentaba al piano, que tocaba muy bien, mientras yo preparaba mi vestuario. Yo sentía que era como la prolongación de Loïe por su delicadeza. Con él descubrí que, en ciertas circunstancias, la ternura puede ser voluptuosa. Guardo aún un poema de Maurice en un cofre, junto a un programa de teatro amarillento y unas flores marchitas.

Baila, amor, sobre las ruinas.
Canta sobre el silencio de la muerte.
Danza aún en el campo desolado de la guerra.
Como si el mundo fuera otro.

Baila, gitana, en el éxodo de los pájaros.
Que anuncian todavía primaveras.
No se ha perdido todo cuando cantas.
No se ha perdido todo si giras en el vértigo.
Diosa de las tabernas, de los mendigos y los vagabundos:
Cuida de mí esta noche.

De algún modo, Maurice ocupó el lugar de mi querido Sergio. Con él yo tenía de nuevo un intelectual y político en casa. En realidad, yo no entendía bien por qué Sergio se había refugiado en la Argentina. Al parecer fue por seguir a Esther, en aquel año en que empezaron a hostigar a los judíos. Pero alguien me dijo que la causa fue otra: en 1894 asesinaron al presidente de la III República Francesa: Marie-François Sadi Carnot. Quien lo hizo fue un anarquista, en Lyon, unos días antes de que Sergio se embarcara hacia América del Sur. Un infidente me aseguró que mi amigo estuvo en esa conjura. Siempre hubo entre nosotros un tácito pacto de respeto mutuo y discreción, al que fuimos fieles durante toda la vida. En cuanto a Maurice, apagados los primeros ímpetus amorosos, mantuvimos una tierna amistad, que sobrevivió durante años a las exaltaciones y tempestades del sexo. Mejor así. Su familia no veía con buenos ojos nuestra relación. Como los Hirsh, como los Rothschild, ellos pertenecían al reducido número de judíos que Francia toleraba por su riqueza. Aristocráticos, los parientes de Maurice siempre desconfiaron de mi abolengo. En forma despectiva se referían a mí como “la gitana”. El dulce Maurice sufría por ello mucho más que yo. Por eso me sentí aliviada cuando Maurice decidió terminar con nuestro amorío, al tiempo que se alejaba de París. En 1899 viajó a La Haya con otros dos pacifistas: León Bourgeois y D’Estournell de Coustant. Los tres ilusos tenían como propósito terminar con todas las guerras. Así les fue.

Maurice, mi tierno pacifista, estaba en La Haya cuando irrumpió en París el torbellino de Jurgens. Aquella tarde de 1900, en el Café de París, Jurgens me hizo una insólita propuesta: duplicaría el dinero que cualquier empresario me pudiera ofrecer. Con una sola condición: que me presentara en los Estados Unidos. Al principio me negué. “París es mi plaza —le dije—, es mi bastión”. A Jurgens las negativas lo excitaban. Aumentó su oferta como un jugador empecinado. Creo que el juego me excitó a mí también.

—¿Me quiere comprar, Jurgens?

—Sí.

—¿A cualquier precio?

—Sí. Diga usted la cifra.

—No le daré el gusto. No estoy en venta.

Jurgens se rió sin dejar de mirarme.

—Hablo en serio —dijo.

—No lo creo.

—Créame. No estoy acostumbrado a perder.

—Yo tampoco.

—Sé que usted tiene amigos muy poderosos, Carolina; pero de un mundo viejo, de un mundo podrido. América es el futuro.

—Ustedes tienen la vanidad de lo nuevo —me burlé.

Jurgens encendió un cigarillo. Vi una arruga en su entrecejo y un rictus de contrariedad en su boca.

—Es posible; pero no somos esclavos de la historia. La estamos haciendo, Carolina.

Antes de abandonar el Café de París, Jurgens me invitó al teatro, a una función de Frégoli, el transformista.

—Hagamos las paces, mi querida.

—No sabía que estuviéramos en guerra —le respondí.

Pero la guerra había comenzado entre nosotros.

XIII

Mis desventuras con Jurgens comenzaron en el momento de conocerlo. Y también la atracción que sentí por ese hombre impetuoso, dispuesto a derribar todas las barreras. Creía, como muchos de sus compatriotas, en el *destino manifiesto* de su país, que debía transformarse, tarde o temprano, en el guardián del mundo. Por eso Jurgens se impacientaba con sus colegas europeos, con "la retórica de las buenas costumbres", como él decía. Se sentía intruso en los museos y en los grandes teatros, que pretendía menospreciar. Se enfureció el día en que le conté que Bertie llamaba "nuestros hermanos menores" a los norteamericanos. Se enfureció como un niño, como un chico caprichoso. Yo, en esos momentos, sentía cierta ternura por él. Pero al rato deseaba que se fuera, cansada de sus opiniones. El autoritario tomaba su sombrero y se marchaba. Claro que al día siguiente ya estaba otra vez en el teatro, insistiendo en que yo debía viajar a Norteamérica.

—No, Jurgens... ¿no sabe qué quiere decir no?

—No —se reía él, creyendo que hacía un chiste.

En ocasiones podía parecer (y ser) simpático. No en muchas, la verdad. Yo respiraba aliviada cuando dejaba de acosarme. Pero añoraba su presencia si dejaba de verlo durante varios días.

Mienten quienes hablan del instinto femenino. Si existe, es un impostor, ya que me aconsejó mal demasiadas veces. Yo debí recordar las escenas de celos de Jurgens con Loïe y no creer que conmigo sería distinto; debí darme cuenta de eso el día que fuimos juntos por primera vez a ver una función de Frégoli. Cuando llegamos al teatro, aquella nefasta noche del 17 de febrero de 1900, el Trianon estaba en llamas. Mientras ardían los trajes, los decorados, las pelucas de Frégoli, Jurgens calculaba las pérdidas que producía el incendio. Intentó aprovechar la oportunidad para comprar el contrato de Frégoli a su empresario, monsieur Lèpine, que no podía contener su llanto frente al fuego. Yo me acerqué a Frégoli para darle mis condolencias, como en un velorio (siempre me siento ridícula en medio de las desgracias) pero Frégoli me tranquilizó recordándome que en el teatro todo es ilusión: el triunfo o el fracaso. "Ya saldremos de ésta", afirmó. Jurgens nos miraba, desconfiado. Al oír a Frégoli comprendí su grandeza, no su habilidad para transformarse en un personaje y otro, sino para sobrevivir a las miserias de la realidad. Fue entonces cuando lo besé. Noté el gesto de desagrado de Jurgens.

No podía soportar que hubiera otros hombres cerca de mí. Fueron días penosos. Jurgens no podía contener sus celos y yo, por mi parte, no ocultaba mi fastidio por esa actitud infantil del norteamericano. Fueron días penosos, sobre todo cuando él, arrepentido, se arrodillaba frente a mí y me pedía perdón por sus escenas. Pero al rato estaba gritando en el camarín, como un energúmeno. ¡Dios mío! Yo entonces sentía cierta piedad por él, la que se puede sentir por una fiera acorralada.

Él se quedó en París, esperando que yo cambiara de opinión y viajara con él a los Estados Unidos. Estaba molesto conmigo y también con Frégoli, que había rechazado su contrato y preferido el de los hermanos Isola, para debutar, después del incendio del Trianon, en el Olympia de París.

—Es un maldito orgulloso —mascullaba Jurgens.

—¡Es libre; es un artista, no lo olvide! —le respondía yo y le recordaba que Frégoli había rechazado la invitación de los príncipes y reyes de España, de Portugal y de Italia, su país. También había rechazado, en Londres, la invitación que le hiciera el barón de Rothschild para actuar en su palacio. Acostumbrado a pagar por sus caprichos, el barón quiso saber cuánto costaba la actuación de Frégoli. "Yo no me vendo por dinero, señor. Para mí, el único soberano es el público", le contestó el transformista. Yo sabía muy bien que era así. Mi amigo Bertie, el príncipe de Gales, para ver de cerca a Frégoli había llegado a su camarín disfrazado de peluquero.

Jurgens se impacientaba al oír esas historias. Me miraba como si yo fuera su enemiga, como si todo el mundo se complotara contra él.

Parecía un milagro, pero el periódico anunciaba el debut de Frégoli en el Olympia de París, a sólo una semana del incendio del Trianon. Era difícil imaginar cómo había hecho Frégoli para reconstruir en menos de una semana sus escenografías, para confeccionar de nuevo su vestuario, para crear la ilusión de diferentes paisajes con un juego de biombos y de espejos. Se dijo que yo había vendido una de mis joyas para entregarle el dinero a Frégoli, pero eso (como supe después) fue un infundio de Jurgens. A regañadientes él aceptó acompañarme a la función de Frégoli en el Olympia.

Desde el palco, vimos cómo Frégoli se multiplicaba en diferentes personajes en muy pocos segundos: un hombre se transformaba en mujer, un militar en músico ambulante, una viejecita en el vendedor de globos. Pero hubo un número que irritó a Jurgens, que lo sacó de quicio, que lo volvió loco. Fue el titulado *El señor empresario*. Allí, Frégoli interpretaba a un empresario en bancarrota que, a falta de sus actores, decidía hacer él mismo todos los personajes de la obra. No sé por qué Jurgens se enojó tanto. El necio creyó que se burlaban de él, seguramente. Se levantó y pretendió que lo acompañara. Me negué, desde luego. Yo no era su sierva.

Estaba enfermo de celos. Debí apartarme de él en ese instante. Nada me unía a ese hombre colérico, sino la remota posibilidad de un viaje. Mi alma de jugadora me traicionó, la curiosidad por probar suerte en otra parte. Sin embargo mi público en París seguía fiel, consecuente. Y las críticas no podían ser mejores. Una de las más elogiosas fue la que escribió Manuel Ugarte, un argentino de veintidós años, muy amigo del poeta Rubén Darío. Ugarte, autor de unas *Crónicas parisienses* y *Crónicas de bulevar*, era un hombre enamoradizo, que cultivaba una poesía ligera y galante. Se comentaban sus aventuras con algunas bailarinas del Moulin Rouge. Con todo, su pasión por la literatura y por el sexo opuesto no eclipsaba a la otra: la política. Se equivocan quienes creen que su entredicho con Jurgens se debió a mi persona. Es cierto que cuando me vio en el Café de París me escribió unos versos de gentil homenaje, y también es verdad que yo le agradecí la encendida crónica que había escrito acerca de mi actuación en el teatro y que más parecía una declaración de amor. Pero el escándalo con Jurgens tuvo como motivo la política. Ugarte y otros parroquianos del café escuchaban unos versos de Darío, cuando oyeron el vozarrón de Jurgens, quien se jactaba de la superioridad de su país, el que había impuesto su dominio en Cuba, en Puerto Rico y en Filipinas. Ugarte se molestó y le pidió que bajara el tono, que fuera más discreto, que se disculpara con los latinoamericanos que estaban allí.

—¿Disculparme... yo? ¡Ni loco! —le respondió Jurgens. Y agregó un insulto.

Fue entonces cuando sonó la cachetada de Ugarte y el desafío para un duelo.

Los hombres son insensatos. Son capaces de matar y morir por su amor propio. ¿Cómo iba a sospechar que ese joven argentino, tan galante, fuera igual a los demás? Yo tuve miedo por Jurgens. El argentino manejaba bien las armas, según me comentaron quienes trataban de impedir el duelo. No fue posible. Una mañana, en las afueras de París, se batieron a veinte pasos, usando pistolas Lafoucheux de dos caños. Y, como temía, Jurgens cayó herido.

Tuve que interrumpir mi temporada teatral para atender a Jurgens. Después de un tiempo en el hospital, el norteamericano convalecía bajo mi cuidado. Se había apaciguado su ira. Esto permitió el acercamiento. "En cada mujer hay una samaritana", diría después Manuel Ugarte quien, al encontrarse conmigo, mandó saludos a su rival y "los mejores deseos de pronta recuperación para el señor imperialista". Lo miré con rabia. Pero al ver la cara de fingida inocencia del argentino, me eché a reír. Una mujer no olvida una sonrisa tan encantadora. Recuerdo que al volver junto a Jurgens, lo vi muy apenado y quizá por eso lo besé y por eso terminamos en la cama.

Un mes más tarde, nos embarcamos hacia los Estados Unidos.

La travesía fue nuestra luna de miel. Jurgens se mostraba muy galante y se esforzaba en portarse como un caballero en el salón comedor. En el camarote disfrutábamos el uno del otro y él hacía sus cuentas. Preparaba mi debut en Nueva York. Me consultaba sobre cada detalle del espectáculo. Pensé que haríamos una buena sociedad, algo parecido al matrimonio.

Al llegar a la bahía de Nueva York, me emocioné como cualquier inmigrante al ver la Estatua de la Libertad.

XIV

Nueva York fue, para mí, el resplandor y el vértigo de todo lo nuevo. Tuve la impresión de que aquella gente estaba edificando una nueva Babel, un gigantesco emporio y una geometría para el caos. En ella tuve la sensación de que todo podía ocurrir. Me perdí en sus calles más de una vez, desconociendo o conociendo mal su idioma, adivinando a Nueva York por señas, por gestos, por las inscripciones, las letras, los números, las voces que llegaban del interior de los negocios y los callejones, acostumbrándome de a poco a su fiebre. Me sentía atravesada por sus ruidos (el de una herrería, un automóvil, el de los carros que se acercaban al mercado, el de los lanchones en la bahía) mientras recorría las barracas y los míseros escenarios de las ferias con la loca esperanza de encontrar a Gino. Desobedecía a Jurgens, me escapaba sólo para vivir la ciudad sin ninguna tutela. En los teatros de variedades me confundí con ese público ruidoso y plebeyo que era el mío, el que amaba y me redimía por ser nadie. Porque era nadie en Nueva York. No conocía aún a sus bailarinas, sus músicos, sus actores.

—Los actores son un asco —dijo Brett Harte.

En vano Jurgens intentaba convencerlo de escribir una comedia. La Bella Otero los escuchaba como quien asiste a una obra de teatro. Entendía la mitad de lo que decían, porque su inglés aún era deficiente. Lo había practicado en otro tiempo con su amigo Bertie, el príncipe de Gales, pero este inglés (el de Jurgens y Harte) parecía otro idioma, sobre todo el de Harte, que imitaba las voces de los barrios bajos de Nueva York.

—Los actores son un asco —repitió Brett Harte—. Ya te lo dije: no quiero saber nada con ellos. No escribo más para el teatro, Jurgens. No insistas...

—Te puedo dar un adelanto, Brett.

—No, gracias. No soy un sastre. No hago obras a medida.

—¿No? ¿Acaso no vendes tus cuentos a los periódicos? —inquirió Jurgens.

—Sí, es verdad. Primero los escribo para mí y luego los vendo al mejor postor.

—Véndeme algunos entonces.

—¿Para qué, Jurgens? ¿Acaso compraste un periódico? —le preguntó Brett entre curioso y divertido.

—Me gustaría transformarlos en *sketches,* en pequeñas piezas para intercalar entre las canciones...

—¡No, no hay trato! —se ofendió Brett Harte y miró con furia a la Bella Otero como si ella fuera la autora de esa idea.

Ella los dejó discutiendo y fue al teatro para ensayar los números de su debut en Nueva York. En la calle oyó las voces de los vendedores ambulantes, de los pícaros y los ganapanes de la ciudad, de los albañiles que levantaban rascacielos. Se sumergió en el olor profundo de las avenidas, en el ruido de los carruajes y los tranvías eléctricos; oyó la música de un ukelele, de una armónica, del mandolín de un italiano; olió las fritangas y el aroma espeso de las tiendas, de los zaguanes y los templos. Se acostumbró a la mirada de los negros, a la estrella de David en el frente de la sinagoga, a las ofertas callejeras de las prostitutas. Descifró una vez más los carteles, los nombres de las calles y los negocios. Cuando entró en el teatro, se sintió como en casa. No se habían encendido aún las luces de la sala y ella avanzaba en la semioscuridad hacia el escenario en medio de las plateas vacías. "Todavía no ha ocurrido el milagro —pensó—. Nadie tiembla ante lo que pueda ocurrir. No existe aún ni el triunfo ni el fracaso ni la vanidad ni la desesperanza. Una camina por el pasillo hacia el escenario y sabe que es una extranjera, que no es nadie en el mundo, pero ya no es una chica asustada en el sótano de un zapatero con su vestido manchado de sangre. Sabe que apenas se enciendan las luces, cuando se oiga la música, saldrá a bailar y a cantar para que la aplaudan, para que la quieran, para que le digan diosa, porque una es la Bella Otero y ha venido a triunfar."

Se habían puesto de moda las bañistas y Jurgens le sugirió a la Bella Otero que pensara un número con ese tema, ya que podía gustar al público norteamericano. A la Bella le pareció una buena idea. Ella cantaría en español para el público latino y los espectadores anglosajones tendrían su versión en inglés impresa en el programa. Jurgens, uno de los precursores de la comedia musical norteamericana, se sentía feliz. Al asistir a los ensayos, comprobó, complacido, que la Otero se comportaba como una verdadera *star* del *show-business*. El día del estreno, los periodistas aplaudieron a rabiar el número de *La Bañista y El Bañero*.

En la playa se bañaba
una niña angelical
y acariciaba las olas
su figura escultural

cantaba la Bella Otero vestida de bañista.

Un foco la siguió por el escenario hasta que llegó a una casilla de madera.

(Sonido de platillo)

Al entrar en la caseta
a quitarse el bañador
va y le dice a su bañero
llena de encanto y rubor:

La luz del foco descubre a La Bañista, cubierta sólo con una toalla.

La Bañista:
Tápame, tápame, tápame
tápame, tápame,
que tengo frío...

Luz al bañero musculoso.

El Bañero:
¿Cómo quieres que te tape
si yo no soy tu marido?

Comentario musical. Sigue danza insinuante de La Bañista, ante los ojos asombrados de El Bañero.

La Bañista:
Tápame, tápame, tápame
tápame, tápame, que estoy helada

Luz al Coro de las Bañistas que entran al escenario y muestran sus encantos.

Coro:
¡Tápala, tápala, tápala!
¡Que ella está helada!
¡Que ella está helada!
Baile de La Bañista y El Bañero.

La Bañista:
¡Tápame! ¡Tápame! ¡Tápame!
¡Tápame! ¡Tápame, que tengo frío!

El Bañero:
Si tú quieres que te tape:
¡ven para acá, cariño mío!
Se acerca La Bañista y queda la toalla como un falso telón, que oculta lo que el espectador imagina.
(Apagón)

Después del estreno, nos reunimos en la casa de Jurgens, que ya era un poco la mía. Estaban los críticos y los actores y otros empresarios amigos de Jurgens. Los periodistas querían saber si era cierto que yo era la hija de un aristócrata y una gitana. "A esos estúpidos les encantan las historias con nobles", comentó Brett Harte. Jurgens me presentó a sus amigos empresarios.

—¡Cuidado con ellos! —me advirtió Jurgens, medio en broma y en serio—. Creo que les gustaste demasiado.

De todos los que estaban allí, el único que me impresionó fue el dibujante Robert Miller, que había vivido en París. Dijo cosas muy inteligentes acerca de mi trabajo y conversó con Jurgens sobre un posible lanzamiento publicitario.

—Hay que difundir la imagen de la Bella Otero como la de un nuevo producto... el que estaban esperando los Estados Unidos.

—No soy un producto —me animé a decir.

—¿No? Todos lo somos, señora.

Dos días más tarde, Robert Miller llegó con varios ejemplares del *Evening Sun* de Nueva York.

Leyó:

Es una condesa, pero algunas personas afirman que esta asombrosa joven española se llama a sí misma simplemente Otero y dejó su título a un lado.

—¿Ven? Ésta es la imagen que los norteamericanos desean tener de la Bella Otero.

—¿Y usted, Miller? —lo provoqué—. ¿Qué imagen tiene de mí?

—No importa la imagen que yo tenga de usted, señora. Es mucho más valiosa que ésa, seguramente... pero la mía es la opinión de un paria.

—Quiero saberla.

Vi que se sonrojaba. Cambió de tema y fue hasta el escritorio de Jurgens para hablarle de mi presentación en Cincinatti.

El dibujante Robert Miller, que años después fundó su propia agencia de publicidad en Nueva York, fue uno de los artífices de la fama de la Bella Otero en el Nuevo Mundo. Amigo de Jurgens, se encargó de diseñar los carteles, los avisos gráficos y los programas que tenían a la Bella Otero como protagonista. Hombre muy fino, acostumbrado a los placeres de su familia californiana, enriquecida con la fiebre del oro, había frecuentado la vida bohemia de París. "Soy un pintor fracasado", decía con falsa modestia. Con la Otero hablaba en francés y en español. De pronto, se disculpaba por alguna indecisión frente a una palabra de significado ambiguo. La Otero no tardó en darse cuenta de que lo hacía a propósito. Bob (ella ya lo llamaba así) utilizaba las palabras de sentido equívoco con doble intención, del mismo modo que ella lo hacía en sus canciones. Pero la Otero no se daba por aludida. Posaba frente a él, que la dibujaba o le tomaba fotografías en largas sesiones en su estudio. Con cualquier pretexto, Bob demoraba una toma o se permitía cierta confianza al acomodar el cuerpo de su modelo. Ella podía adivinar la excitación de Bob al oír su respiración agitada y, como al descuido, lo provocaba con su risa. Pero no hablaban de aquello que sentían, un poco por vergüenza profesional y otro poco por temor a Jurgens.

El *Enquirer* de Cincinatti publicaba la fotografía de la Bella Otero con el siguiente epígrafe: *Ésta es la belleza española que olvidó su sangre aristocrática y su fortuna para ejecutar sus bailes nativos.* Aquel embuste (que otros llamaron patraña) se difundió desde los Estados Unidos hacia todo el mundo. En 1901, año en que murió la reina Victoria, en Inglaterra, Bertie (el futuro Eduardo VII, quien sería proclamado rey al año siguiente) leyó las noticias acerca del origen aristocrático de la Bella Otero y lo celebró entre risas con su amante Alice. Para Jurgens, para su instinto y habilidad de empresario, era imprescindible colocar la imagen de la Bella Otero por encima de cualquier actriz, bailarina o cantante de la época. Pero en realidad, menospreciaba a los verdaderos aristócratas. No eran más valiosos sus títulos, sus joyas, sus territorios, que el dinero de los Estados Unidos. Con él se había comprado Alaska a los rusos por siete millones doscientos mil dólares. ¿Qué importaba entonces si la Bella Otero era la hija de un aristócrata griego y una gitana o la hija de un padre desconocido de un lejano pueblo de Galicia? A él, a Jurgens, eso lo tenía sin cuidado. Lo único que le importaba era que la gente creyera en el producto que ofrecía.

Yo podía odiar y amar a los Estados Unidos con la misma fuerza. Me molestaba esa devoción absurda por la publicidad de Miller y de Jurgens, que en ciertos casos parecía ser la del país entero, pero me acostumbré a ella como a un mal necesario. En cambio, gocé de esos años en que la comedia musical se impuso como género en los Estados Unidos, esa mezcla de lujo y gracia y despliegue de gente y de luces, derroche de música, de dinero, de riesgo. Jurgens fue uno de los primeros en impulsar ese género que otros trataron con desdén. También lo quise por eso. Pude ser su esposa, su amiga. Pero la realidad es miserable, ya lo dije.

Es sabido que Brett Harte rechazó la invitación de Jurgens para que escribiese una biografía de la Bella Otero. En cambio, Harte asistió a casi todas las funciones de la artista, a la que admiraba por su "aristocracia plebeya". Brett Harte entendía el varieté, el music-hall, el mundo de los cantantes y contorsionistas y pobres diablos de los arrabales de la fama. Él vislumbró, precoz, el porvenir del cine. Le propuso a Jurgens realizar una película con la Bella Otero. Quería reivindicar a los inmigrantes que vivían en Nueva York. Jurgens consideró inconveniente llevar adelante aquella idea. Al fin, el cine, para los norteamericanos, había nacido en 1898 junto a la exaltación de la raza anglosajona, con la película *Tearing Down the Spanish Flag* (Rasgando la bandera española) y no era prudente irritar a los racistas. Sobre todo ahora, cuando Theodore Roosevelt llegaba al poder con su "política del garrote". Brett Harte se encogió de hombros, maldijo a Jurgens y a todos los millonarios de la bendita Norteamérica blanca y racista y le dijo a la Bella Otero:

—Si algún día abandonas a esta gente, puedes buscarme en la primera taberna.

No era fácil dejarlos. Entre sus admiradores había hombres muy ricos, muy poderosos, como John D. Rockefeller, el presidente de la Standard Oil, o el inefable Merton Lewis, de los ferrocarriles de Pacífico Norte, un ex *cow-boy* del Far West, que andaba todavía con el revólver en el cinto. Todos o casi todos eran republicanos como Jurgens. Todos se decían puritanos, pero amaban el whisky y las mujeres de dudosa fama. Entre ellas, por su mentido abolengo, la Bella Otero parecía inalcanzable. Y por eso mismo codiciada, como un hermoso trofeo que Jurgens había puesto frente a los ojos de los hombres más competitivos del mundo. El propio Jurgens se inquietó por su obra. Asistió, junto a la Bella Otero, a las reuniones sociales de esos millonarios que codiciaban a su mujer y podían comprarla. Sucumbió frente a sus propios celos y temores y decidió contratar a un detective privado, para seguir los pasos de la cantante.

Cuando la Otero descubrió que la seguían, cuando comprobó que ese hombrecito insignificante era el detective de Jurgens, sacó la navaja sevillana que llevaba en el bolso y se abalanzó contra el imprudente. En el destacamento policial, la Otero se disculpó:

—Creí que era un ladrón, señor comisario. Soy una mujer indefensa...

El policía miró al detective que limpiaba con un pañuelo la herida de su rostro.

—¿Y esto, señora? —preguntó señalando la navaja.

—Un recuerdo de mi madre —respondió la Bella Otero.

XV

—Olvidemos el incidente —decía Jurgens al salir del juzgado y al abonar, en nombre de la Otero, una multa y una indemnización para el maltratado detective.

—¡No se te ocurra volver a espiarme! —le gritaba la diva.

Nevaba en Nueva York.

—Regresemos a casa —le pedía Jurgens, mientras levantaba las solapas de su sobretodo y seguía a la mujer.

—¡Adonde voy a regresar es a Europa, señor Jurgens!

Estaba furiosa, molesta con el hombre que la había llevado a Norteamérica.

—Carolina: ¡no me dejes! —imploró Jurgens mientras corría tras ella, como el chico abandonado que había sido una vez.

Cuando subieron al coche, la besó con desesperación.

Una vez más cedí ante las súplicas de Jurgens. Traté de recomponer, como pude, una relación que estaba condenada desde el comienzo. Si bien no podía quejarme por mis actuaciones en los Estados Unidos, temía haber perdido mi lugar en Europa.

En el mundo del varieté había surgido una competidora extraordinaria: Fátima Miris. En realidad ése no era su nombre, sino María Frassinesi, hija de la condesa Pullé de Módena. Temí, con razón, que mientras yo permaneciera en los Estados Unidos, Fátima Miris ocupara mi lugar en Europa. Esa idea me mortificaba. Supe que ella tenía un hermoso cuerpo y una bella voz, que había cultivado con el estudio junto a grandes cantantes. No era una intuitiva como yo. Para colmo, Fátima poseía desde su nacimiento lo que yo había inventado: un origen noble que, como insoportable paradoja, la Miris prefería olvidar.

Esa tarde, la Otero leyó una carta de su amigo Frégoli, fechada en Buenos Aires.

Mi querida Carolina:

Me alegran y enorgullecen tus éxitos en los Estados Unidos. Lo siento como una victoria más del arte latino en un país difícil, pero de indudable porvenir. Tienes un gran empresario y promotor: Jurgens. Lamento sinceramente el malentendido que se suscitó entre nosotros, pero la oferta del Olympia era más tentadora. De todos modos, no descarto la idea de presentarme en aquel país, una vez que concluya mi gira por la América del Sur.

Aquí, en Buenos Aires, encontré a un buen amigo tuyo, a Sergio Montiel. Estuve con él y con su encantadora esposa. Te mandan muchos saludos y esperan verte por aquí.

Me pides noticias de Fátima Miris, ¿qué puedo decir? He visto su espectáculo en Bolonia y en Londres. Quedé muy impresionado. Ella es una joven de gran talento. Según afirma, decidió su vocación después de ver mis actuaciones. Pudo elegir otro camino más prestigioso; pero el arte, como el amor, es imprevisible. ¿Verdad, Bella? La señorita Fátima Miris (voy a llamarla por su nombre artístico) tuvo una educación esmerada. Fue una brillante matemática, además de notable violinista. Como ves, pudo dedicarse a la ciencia o al arte "serio", pero prefirió sumarse a nuestras huestes. ¿No es conmovedor? Actúa, canta y baila con mucha gracia; toca el mandolín y practica esgrima. Ah, también escribe sus monólogos; pero, con todo, su mayor habilidad es la de ser una excelente transformista. Debiera estar celoso ¿no te parece? La he visto, asombrado, a lo largo de tres horas. Mientras cantaba, bailaba y recitaba, realizó ciento setenta y cinco transformaciones. ¡Fue maravilloso!

Esto es todo lo que puedo decirte. Espero que mi entusiasmo haya despertado interés por la colega y no la envidia por el triunfo ajeno. Somos artistas y por lo tanto débiles e inseguros, necesitados del aplauso, mendigos de la fama. Pero en el mundo hay lugar para todos, Carolina, un lugar que (es inevitable) un día dejamos para siempre.

Te desea lo mejor, te ama:

Frégoli

Ese día, al leer la carta de Frégoli, lloré como una tonta. Supe que envidiaba a Fátima, que nunca sería como ella. Me avergoncé de mi propia envidia. Al día siguiente, en el estudio, dejé que Bob me galanteara, que exagerara sus elogios sobre mi belleza. Lo provoqué, trastabillando a propósito, cayendo cerca de él. En el momento en que me levantaba lo besé, lo atraje hacia mi cuerpo. Cerré los ojos pensando en Frégoli, en Gino. Lo dejaba hacer. También yo era una transformista: podía ser una y muchas en esa tarde en Nueva York, mientras Bob me desvestía y se encaramaba en mí, que me curvaba para él después de un año de abstinencia. No quise pensar en Jurgens, en sus dificultades y sus miedos. No quise pensar en él para no entristecerme. Vi a un hombre allí arriba, columpiándose, uno que eran muchos y ninguno. Lo guié y lo retuve. Y sentí al varón que se iba de sí en el momento en que yo me abandonaba.

La Bella se disculpó ante sí misma pensando que Jurgens la había traicionado cuando trató de contratar a Fátima Miris. Si no lo hizo, fue porque Mr. Freed Trussell, el empresario del Hippodrome de Londres la retuvo con una suma millonaria. Fue esa infidelidad y no las otras (las fugaces aventuras de Jurgens con cantantes y bailarinas de café-concert) la que enfrió los ánimos de la Otero y su empresario. Desde entonces, mantuvieron una relación "con cama afuera", según decían, aunque Jurgens tardaba en resignarse. Más de una vez, su amigo Brett Harte lo encontró borracho, tirado en el piso, murmurando el nombre de la mujer perdida.

—¡Es una puta, Brett; la más ambiciosa de las putas! —se quejaba Jurgens.

—Se pueden buscar otras, compañero —lo consolaba Brett, sirviéndole otro whisky.

—La quiero a ella...

—La quieres tener —precisaba el escritor, que contaba historias de vagabundos y enamorados pobres, de gente desdichada y conmovedora, a la que alguna vez perteneció el propio Jurgens.

—Es verdad: ¡la quiero tener! —gimoteaba Jurgens—. Quiero que vuelva.

—Voy a buscarla —le prometía o le mentía Brett Harte mientras conducía a su amigo hasta su dormitorio.

—Me quiero morir, Brett.

—Duerme. Mañana te sentirás mejor.

Quise olvidar con el licor
quise matar mi cruel dolor,
y entre la orgía yo ansiaba
al hombre que tanto amaba.
Cuando el querer me hizo penar,
cuando el amor yo vi alejar
fue la morfina consuelo
para mi anhelo feroz calmar

cantaba la Bella Otero, que alternaba los números cómicos y picarescos con otros de carácter sombrío. Entonces el público, que un momento antes reía, dichoso, se doblegaba ante el melodrama del mal amor. La Bella Otero, dueña del escenario, administraba bien las emociones. Con voz pausada y dolida, continuaba cantando:

Yo cenaba en un "foaié"
y a mi amigo vi
que besó con frenesí
a una estrella del cuplé.

Al llegar aquí miraba como descubriendo al amante infiel, y sacaba de entre sus ropas un cuchillo mientras cantaba:

Su maldita ingratitud
agitó mi corazón
y oprimiendo así un cuchillo
vengar quise su traición.

Una ovación de varones culpables servía de rúbrica al cuplé.

¿Quién entiende a los hombres? Creí que al entregarme a Robert Miller lo haría dichoso. Pero Bob era un maldito tipo complicado, como todos los artistas. Elegí mal, sin duda. Pude ser la amante de Rockefeller pero lo preferí a él por su delicadeza, por la manera con la que disponía de mi cuerpo frente al caballete o en la cama. Lo que no pude prever fueron sus cambiantes estados de ánimo cuando descubría que su talento se perdía sin remedio en la publicidad, la que le había dado fortuna y quitado la alegría de hacer una sola obra de arte. De todos modos, cuando se sobreponía a sus crisis, abominaba de los artistas muertos de hambre y decía estar muy orgulloso de su oficio. Al entrar en su estudio, yo no sabía con qué hombre me iba a encontrar. Algunas mujeres consideran esto una ventaja. Yo no. Detesto a los señores transformistas de la intimidad. Aunque nadie lo crea, soy una mujer a la antigua.

Hacía tiempo que la intimidad con Jurgens había terminado. Por eso me extrañó recibir el mensaje de que lo fuera a visitar esa noche y que, además, me enviara la llave de su casa. Para hablar de negocios, podíamos hacerlo en el teatro. De todos modos, aquella noche llegué a la casa de Jurgens, que ya no era la mía. Me sobresaltó el silencio. No estaba en la sala ni en su bufete ni en el dormitorio que en otro tiempo compartí con él. Crucé por el largo pasillo. Vi luz en el baño y la puerta entornada. Entré. Jurgens parecía flotar en un río de sangre, con las venas abiertas.

¿Por qué hizo eso? ¿Por qué me obligó a mirar ese espectáculo macabro? ¿Por qué fue tan teatral para elegir su muerte? Es algo que no me explico, que no termino de entender. El hombre práctico, el exitoso, me dedicó, como venganza, esa escena absurda. No puedo olvidarla, no podré olvidarla jamás. A veces sueño con el suicida, rodeado de mariposas negras. Pero ésa es otra historia.

La muerte de Jurgens trajo aparejada la sospecha de un crimen pasional que involucró a la Bella Otero. No había firmes evidencias para inculparla. Sin embargo, unos pocos indicios podían servir de semiprueba para la acusación. Así lo entendieron los abogados de los herederos de Jurgens, en cuyo testamento figuraba la Bella. Ellos esgrimían como principal argumento la presencia de la ex amante en la casa del empresario, la falta de testigos oculares y la ausencia de la servidumbre. Para ellos se trataba de un plan orquestado por la Otero; por motivos pasionales en el mejor de los casos o —como dejaban entender— por razones de lucro. La condición de extranjera de la mujer agravaba su situación ante los jueces xenófobos y la opinión pública, siempre sedienta de escándalo y venganza. Brett Harte, conocedor de esas miserias, amigo de policías y ladrones, no sólo compareció como testigo de la Bella Otero sino que le presentó a un famoso abogado: Samuel Pickerton, para que se ocupara de su defensa. Ella lo encontró muy parecido a su amigo Eduardo VII. Como él, era un sesentón mujeriego y afecto a la buena mesa. "La inocencia —afirmaba— sólo es un punto de vista". Por eso no dramatizó la inocencia de su defendida, sino que en un alegato magistral desbarató, uno a uno, los argumentos de quienes la acusaban.

Mientras duró el juicio, la Bella Otero suspendió sus presentaciones. En vano Bob Miller la alentó para que regresara a escena. Bob pensaba que ella debía capitalizar el escándalo, ya que al público le encantaba espiar la intimidad de los artistas. Para él, como publicitario, el escándalo era "un pseudoacontecimiento que no se debe desperdiciar". No logró su objetivo. La Bella Otero no escuchó sus consejos.

Al terminar el juicio (que ella ganó, gracias a la habilidad de Mr. Pickerton) la Bella Otero decidió alejarse de Nueva York.

Me embarqué en la primera clase de un lujoso transatlántico que unía los Estados Unidos con Europa. Los primeros días de travesía los pasé llorando en mi camarote. Pero a la semana, al asomarme a la borda del barco, al contemplar la infinita grandeza del océano, me sentí tan pequeña y tan frágil, que necesité otra vez de compañía. Fui al salón comedor. Durante el resto de la travesía estuve bailando valses y mazurcas y conversando con los caballeros que decían ser mis admiradores. Me aturdía, lo sé, necesitaba aturdirme con el ruido de la vida, mientras creía ver el rostro de Jurgens en las fosforescencias del mar.

XVI

París, otra vez París, siempre París. Necesitaba embriagarme de la ciudad amada, estar con ella, jurar que no me volvería a ir por ningún motivo. Necesitaba olvidar a Jurgens. ¿Es tan difícil entender esto? Por momentos, imaginaba que mis días en los Estados Unidos eran sólo un mal sueño. Pero no quiero ser injusta. Allí había crecido mi fama y de allí volvía con suficiente dinero como para solventar un tiempo de ocio. No, no volvería al trabajo aún. Quería darle unas vacaciones al alma. Fui a los teatros como espectadora, volví al Maxim y al Café de París para encontrarme con algunos amigos. Paseé por las calles de París sin las obligaciones del teatro ni la dictadura de un amante. Entré a las tiendas para vestir mi desnudez como si fuera la de una joven virgen. En todo París se comentaba mi nueva excentricidad: exhibir en el escaparate de una joyería un bolero de diamantes. Yo misma lo había diseñado. Mientras lo dibujaba pensé en Gaudí y en el pobre Miller, tan preocupado uno por la divinidad y el otro por el becerro de oro de su fracaso. No me engañaba: yo sabía muy bien que no era artista como ellos. El arte sólo me divertía, eso es todo. Pasé horas junto al joyero, supervisando mi bolero de diamantes.

En el cabaret Cyrano, del boulevard Clichy, en Montmartre, el poeta y cronista mundano Enrique Gómez Carrillo, famoso panegirista de la Otero, se excedía en sus elogios:

—¡Ella es una artista en todo el sentido de la palabra! ¡Qué idea fantástica la del bolero de diamantes!

—¡No me diga! —se rió, burlón, el argentino Manuel Ugarte, escéptico ante los énfasis del cronista afrancesado.

—¡Sí que le digo! La Otero es una pieza única...

—¡Una buena pieza dirá! —comentó Ugarte—. ¡Una loca linda!

—¡No le permito, Ugarte!

Gómez Carrillo se ofendió por el comentario y amenazó con levantarse de la mesa.

—¿Pero qué bicho le picó, Carrillo? No sea necio. Yo no quise ofender a esa señora. ¡Sólo hice una broma, hombre! Pero no espere que la aplauda por esa pueril ostentación.

—¡Ninguna ostentación, caballero! El bolero de diamantes es un *objet d'art*. ¿Sabe usted en cuánto está valuado?

—No... ni me importa.

—¡En dos millones de francos, señores! —se exaltó nuevamente Carrillo al dirigirse a sus compañeros de mesa.

—¿Acaso está por escribir acerca de este asunto? —fingió que se alarmaba Ugarte.

—Así es, señor. Mal que le pese.

Ugarte lanzó una carcajada.

—¿Y ahora de qué se ríe?

—¡Nada... nada, Carrillo!... ¡Perdóneme!... Pensé una tontería... Imaginé a un hombre hambriento frente a la vidriera de la joyería... Tiraba una piedra y robaba el bolero de diamantes...

—¡No me causa gracia, Ugarte! ¡No es gracioso!

Rubén Darío medió en la disputa y pidió a sus amigos que apaciguasen sus ánimos. Comenzaba la música y el camarero traía las copas y la botella de champagne.

Alguien le comentó a la Otero la discusión que había suscitado su bolero de diamantes en el cabaret Cyrano. Le causó gracia, sobre todo porque uno de sus críticos era ese argentino insolente, de sonrisa encantadora, el que se había batido a duelo con Jurgens. "Un hijo de familia adinerada con veleidades socialistas", le comentaron. No se asombró. También su amigo Montiel era un hijo de "buena familia" metido en la loca tarea de cambiar el mundo. Y no pudo menos que pensar en la extraña paradoja de esos niños ricos que querían repartir la riqueza entre los pobres, mientras éstos sólo deseaban ser ricos. "Es extraño el mundo", reflexionó la Bella, mientras se probaba su bolero de diamantes.

Una semana después, se reencontraba con el público de París.

Un billete perfumado
la otra noche recibí
mas quién me lo habrá mandado
yo no sé, pobre de mí

Si será de Fernandito,
o de Pepe o Salvador,
quizá sea de Juanito,
de Ricardo o de Melchor
Ay, por Dios, dígame
lo que yo acertar no sé.

cantaba la Bella Otero mientras se movía de un lado a otro por el escenario como si buscara al desconocido admirador. Llegaba al proscenio y miraba hacia la platea.

—*¿Eres tú?* —*preguntaba.*

(Golpe de timbal)

—*¿O tú, guapo?*

(Platillos)

—*No. Debes ser tú. Seguro que sí.*

(Redoblante)

—*¡Ay, no sé!... ¿Quién será?... ¿Quién será?*

(Música de orquesta)

Dígame usted caballero
si la carta usté escribió
calme ya mi desespero
dígame que sí o que no.

(Palmas y taconeo)

Bailaba la Otero como enloquecida por no saber quién requería sus favores. Su cuerpo ondulaba con movimientos cada vez más sensuales y, de pronto, muy rítmicos y enérgicos, al compás de la danza. Ella era la que se entregaba en ese taconeo, la que imploraba que calmasen su ardor. Todo había sido pensado minuciosamente. "Fríamente", se reía la Otero con su coreógrafo, un efebo de modales ambiguos, que le recordaba sus noches con Abdul.

(Pausa)

—¿Quién me escribió? —preguntaba la Otero—. ¿Usted, señor?... ¿O fue usted, caballero?

El reflector (que más tarde llamarían *seguidor* en la jerga del teatro) buscaba los rostros de los desprevenidos espectadores.

(Música)

Dígame usted caballero
si la carta usté escribió
Puede ser que la haya escrito

aquel pollo del rincón
o aquel otro señorito
que se ríe el tunantón.

Al oír las risas de los espectadores, al ver sus aspavientos frente a la luz delatora del reflector, la Otero gozaba. No había otra reina allí, en el centro del escenario que es "el centro del mundo para las grandes divas del varieté y el music-hall, sacerdotisas de la fiesta unánime", como escribió Gómez Carrillo.

Quien pretenda mi querer
muy valiente debe ser;
pues en cosas del amor...
¡ir de frente es lo mejor!
¡Lo mejor!
¡Lo mejor!
¡Lo mejor!
(Final a toda orquesta)

Gómez Carrillo escribió, por fin, su crónica sobre el bolero de diamantes de la Bella Otero. Manuel Ugarte la leyó y se abstuvo de todo comentario. Nada tenía que agregar acerca de los gustos y caprichos de esa señora, amante de reyes y millonarios. Otros asuntos llamaban su atención. Y aunque Manuel Ugarte no era aún el agitador que iba a recorrer América latina como un propagandista de las revoluciones de las primeras décadas del siglo XX, ya entonces hacía su aprendizaje político en los congresos socialistas junto a Jean Jaurés. Heterodoxo, alternaba esas actividades con sus visitas al teatro y, en especial, a las actrices. Ugarte sentía una voluptuosa atracción por los secretos de alcoba, tanto como por causas más elevadas. Aunque nunca se sabe: quizá, las grandes causas podían ser un buen pretexto para llegar a la cama de una duquesa, una cantante de ópera o una cupletista. Por una razón u otra, Manuel pensó en llegar a Carolina Otero y ganar su confianza. Al fin, aunque veinteañero, ya era hombre de cierta experiencia. La Otero, por su parte, llevaba su treintena con lozanía. No fue él quien la buscó, sino ella, que quería oír, en boca del insolente, su aventurado juicio sobre el bolero de diamantes.

La Otero llegó al Cyrano con un grupo de amigos. Gómez Carrillo fue a saludarla y ella le pidió que invitara al joven Ugarte a su mesa. Él se acercó con su mejor sonrisa. Y cuando ella exageró su enojo por el juicio de Ugarte acerca de su bolero de diamantes, él simuló un gran arrepentimiento y juntó sus manos como pidiendo perdón.

—Haga de mí lo que quiera, señora...

—¡Payaso! —se rió la Otero.

Charlaron durante toda la noche y se citaron para el día siguiente.

Ningún diamante es más que tu belleza
que en tu hermosura todo resplandece.

decían los versos iniciales de aquel soneto que le escribió Manuel esa madrugada. Aquella tarde caminaron por el Bois de Boulogne. Él le habló de Buenos Aires y de un río ancho como el mar. "Tengo amigos allí; quiero conocer tu tierra", dijo ella un momento antes de que Manuel la besara.

A veces con Manuel recordamos esos días. Somos viejos los dos y podemos hablar de nosotros como si no fuéramos los mismos. No lo somos, en verdad. Hace tiempo que se calmaron nuestros ímpetus o que tomaron otra forma, como la manía de recordar y escribir aquello que ocurrió. Manuel promete escribir mi historia. No sé si lo hará. Desde que llegó a Niza se lo ve muy cansado. Y triste. Se entristece por las miserias del mundo. Pero es un viejo pícaro: recibe la visita de una muchacha muy joven con el pretexto de que los fuegos de artificio arden mejor un momento antes de morir. Allá él.

Cuando joven, Manuel no tuvo mucho tiempo para mí. Estaba ocupado en sus congresos socialistas y con él mismo, que es la ocupación predilecta de los intelectuales. Por mi parte, durante una de sus ausencias conocí a otro argentino, político como él, pero conservador. Muy fino, muy elegante, don Benito Villanueva fue un admirador fiel y uno de los promotores más entusiastas de mi viaje a la Argentina. Fue él quien interesó al empresario don Víctor Silvestre para que me contratara. En ese entonces los argentinos importaban a los arquitectos y a los conferencistas, a las compañías de teatro, a las luminarias de París.

Cuando Benito Villanueva regresó a Buenos Aires, yo me olvidé del asunto. Pero al mes recibí una carta del empresario don Víctor Silvestre. Para interesarme, me ofreció un buen contrato. Pero no lo hizo con el tono imperativo de Jurgens, sino con diplomacia, halagando mi talento. Me habló de Buenos Aires, de su gente, "una ciudad muy teatralera, señora, en el mejor sentido, que pronto estará a sus pies, según creo".

Cuando en Buenos Aires se supo que la Bella Otero llegaría a la ciudad, se desató una suerte de *bellamanía,* de la que fue culpable, según dicen, tanto el empresario Silvestre como el periodismo. Buenos Aires, muy cosmopolita, en aquel tiempo imitaba con entusiasmo las modas y personajes de Europa. La Bella Otero, sin duda, era uno de esos personajes. Su fama había llegado aquí antes que su persona y se proyectaba, por carácter transitivo, en su admirador, don Benito Villanueva. En la revista *Caras y Caretas,* el dibujante Castro Rivera hizo una caricatura de don Benito vestido como la Bella Otero. Junto a ella, aparecían estos versos:

Fíjese de política aburrido
me encuentro solamente decidido
a admirar a Benito Villanueva.
Aplaudido, asediado,
querido y envidiado,
tiene las condiciones
que en los caudillos quiero,
puesto que viene a ser la Bella Otero
de nuestras elecciones.

En la misma revista, Luis García había publicado estos versos:

—Aunque mi novia sabe que la quiero
y se pondrá al saberlo hecha una fiera,
hoy me impide casarme lo que espero.
—Pero ¿qué es lo que espera?
—Pues, a la Bella Otero.
Viene ¡por fin! Y loco de alegría,
al saber que está de viaje, el otro día
salté como lo haría un cuadrumano,
y murmuré anhelante:
Que venga y que la admire un solo instante
¡y ya puedo morir, Dios soberano!
No ignoro que igual ruego han repetido
todos los pavos que en el mundo han sido;

pero se trata de una pierna eximia
(y perdóneme usted la metonimia)
que viene de París, de la sagrada
ciudad por todo el mundo respetada
y yo me siento "snob" de un modo horrible.
¿No admirarla y casarme? Es imposible.
Es la Otero ¡la Otero!
nuevo Bismarck del baile y del tablado,
el genio de la malla y el trenzado,
el dios de la mazurka y el bolero;
la artista que a la gente deja absorta
como un D'Annunzio con pollera corta.
¡Qué cadencia! ¡Qué ritmo!
¿Quién vedar puede que el aplauso estalle
si recita un poema con el talle
y escribe con los pies un logaritmo?

Ahora soy vieja y nadie me espera. Puedo reírme sola de estos versos, que hacían burla de mí. Recuerdo con nostalgia a Buenos Aires. De pronto, por la orilla del mar, creo ver bamboleándose en la arena el carro fantasmal de Gaudencio Suárez que silba un tango en el pescante. Quiero recordar un rostro, el nombre de una calle. ¡Dios mío!... se me borran las palabras. No me resigno a que ésa sea la vejez: el final de una página en blanco.

Sin embargo, recuerdo muy bien el día en que llegué allí.

El barco navegaba por ese río ancho como el mar, del que me había hablado en París Manuel Ugarte. Se acercaba al puerto en el que me esperaba Sergio Montiel. Vi las casas bajas de la costa. Sentí la desazón de estar lejos de todo, en un lugar que se llamaba Buenos Aires y que para mí era el fin del mundo.

XVII

—Éste será su camarín, querida. Ya se lo dejo —le dijo Blanca Podestá aquella tarde de 1906, en que la Bella Otero llegó al Teatro Nacional con el empresario Víctor Silvestre. Blanca Podestá juntaba sus cosas, sus frasquitos, los amuletos a los que son tan aficionados los actores. La llegada de la Bella Otero cambiaba el ritmo del teatro en esa temporada. La comedia y el drama dejaban paso al vodevil, a la pantomima, al canto y al baile. Después volverían las voces criollas, los enredos de aquí.

—Somos raros, Carolina, nos cuesta ser criollos de verdad —le dijo Gregorio de Laferrère, el comediógrafo que aquel año de 1906 había inaugurado esa sala porteña con su obra *Locos de verano*. "Escribo porque me divierte —le confesó a la Otero—, no escribiría si me aburriera". Ella lo encontró muy atractivo. Supo que era el hijo de un estanciero francés y que había estado en Francia en 1889. "Pero murió mi padre y tuve que volver", le contaba el comediógrafo, mientras recorrían el teatro.

—¿Y usted, Carolina?

—Soy una vagabunda. Hoy aquí y mañana allá —dijo la Otero.

"En la Argentina hay lugar para todos", filosofaba en su camarín don Jerónimo Podestá, mientras tomaba un mate. "También para esa galleguita que se hace la francesa", agregaba. Había lugar para todos: para Orfilia Rico y María Esther Podestá, para Guillermo Battaglia y Francisco Ducasse, para Ángela Tesada y para Elías Alippi y Enrique Muiño. "¿Qué le hace una mancha más al tigre?", comentaba don Jerónimo mientras terminaba el mate.

A todos los españoles, los argentinos nos llamaban gallegos. También a los gallegos, claro. Había tantos en Buenos Aires que creí posible encontrar a mis hermanos. Los busqué por las calles, por los conventillos a los que fui con Sergio

Montiel. Una entraba a esos patios enormes, con dos filas de piezas a los costados, a las que adosaban las cocinas de lata. En el fondo, junto a los piletones y las letrinas, se encontraban las mujeres, muchas de ellas gallegas como yo. Les preguntaba por mis hermanos, por si los habían visto por ahí. Fueron días, semanas, de una búsqueda inútil. Sergio Montiel me recordaba que debía ensayar, que Buenos Aires tenía un público exigente.

TEATRO NACIONAL
Tournée OTERO por la América del Sur
Repertorio:

Passe et manque (comedia en un acto de M. de Feraudy) — *Les coteaux de Médoc* (comedia en un acto de T. Bernard) — *Rêve d'Apieum* (pantomima). Extraordinario éxito de la Bella Otero, con el primer mímico de París M. Jacquinet y el tenor M. Castini — *La Chance du Mari* (comedia en un acto de De Flers y Caivallet), gran suceso del último invierno del Variétés de París — Cantos y bailes por la Bella Otero. Orquesta de 24 profesores. A las 8.30.

"En Buenos Aires todos hablan francés", exageró la Bella Otero, quien aludía a los periodistas y críticos tilingos que al escribir sus crónicas no escatimaban palabras y giros en francés. Ditirámbicos hasta la obsecuencia, llamaron *Diosa* a la Bella Otero, la compararon con las grandes del teatro, cuando ella se presentó en el Teatro Nacional, de la calle Corrientes, el 29 de agosto de 1906.

Sólo uno, Arturo Giménez Pastor, se permitió la ironía en una nota que publicó en *Caras y Caretas*. Decía allí:

Es imposible negarlo. La "belle" Otero no bailará como Terpsícore ni cantará como un ángel. Antes bien se sabe de espíritus incapaces de comprender lo elevado, que llegan a decir que hay por acá quien la deja chiquitita en el tango "Don Enrique" y que no hay seguridad alguna de que tuviera éxito ruidoso como tiple de género chico. Pero su llegada a estas tierras de América ha constituido un acontecimiento sensacional. El desembarco de Colón fue sin duda hecho más importante; no exageremos. Lo que hay es que como la impresión del desembarco de la "belle" es más reciente, parece cosa más extraordinaria. Pero, de todos modos, quedará en la historia de la vida argentina como un acontecimiento memorable.

¡Qué espectáculo el de su estreno! ¡Cosa estupenda! Pero no el espectáculo de ella, porque las sublimidades del arte llevado a sus más nobles y geniales perfecciones suelen ser inaccesibles en los primeros momentos a la mayoría de los espíritus vulgares, y esto pasó con el arte supremo y no imaginado de la "belle", del cual muchos dijeron que no es arte ni "na" (¡qué bárbaros!), sino el espectáculo del público. ¡Un documento social!

En los palcos más próximos al escenario se habían agrupado, formando legión de honor, personas principales del país enfrascadas, encorbatadas y rizadas para la célebre artista. En el resto del teatro se amontonaba la concurrencia de familias, críticos de mayor autoridad y pueblo nacional y extranjero. Aparecer la "belle" y producirse una aclamación heroica, todo fue uno; ella saludó como aprobando y reventó otra aclamación, y así fueron sucediéndose las aclamaciones, dirigidas por los caballeros principales de los palcos de honor, mientras la grande artista se despachaba con una genial pantomima; pero cuando llegó el momento del baile, la cosa marchó a toda máquina hacia el delirio; la "belle" bailó unas seguidillas también geniales, cosa nunca vista, y llegó en su adorable munificencia a echarles a los encorbatados caballeros principales unas miradas que los volvieron locos de felicidad. ¡Aquello era demasiado! Rompieron a aplaudir como fieras, y fue la apoteosis.

Sería necesaria la pluma del autor de "Naná" para describir aquel cuadro. La "belle" solicitada con ardor salió de nuevo al escenario. Reinó un silencio anhelante; ella frunció las cejas, diciendo ¡jah! y estalló una ovación; volvió a presentarse: puso las manos en las caderas, diciendo ¡jeh! y estalló otra ovación. Así hasta que la tela cesó de levantarse y salieron todos tropezando con las paredes. ¡Inolvidable espectáculo!

A la Otero le causó gracia la crónica y lo festejó con champagne junto a sus amigos. Creía y descreía de la ilusión del teatro y podía burlarse de ella misma. En una carta que le envió a su amigo Maurice Meyer cuenta sus imaginarias peripecias en Buenos Aires:

"...Una noche, cuando me estaba vistiendo en mi camarín con techo de paja, se me presentó en la puerta un león americano; no perdiendo mi sangre fría, le eché mi caja de polvos de 'veloutine' a los ojos y salí pidiendo auxilio; acudió uno de los espectadores, de los que ya estaban en el teatro, y le clavó una gumía en el pecho; yo salí a la escena con mi salvador, arrastrando el león muerto, y le di un beso mientras el público agitaba banderas y me tiraba plumas..."

Si Manuel Ugarte hubiera escrito la biografía de la Bella Otero, como ella quería, seguramente hubiera alternado cartas auténticas y apócrifas de la diva con hechos reales e imaginarios de aquella mujer que despertaba tantas pasiones como malos entendidos. Se decía que la Otero se escapaba por las noches, acompañada de un sombrío compadrito, un tal Gaudencio Suárez, amigo de Ángel Villoldo, quien le enseñó a bailar el tango. En una de esas noches hizo amistad con Pepita Avellaneda, cupletista y tonadillera al igual que la Otero. Y ella, a quien habían aplaudido en las principales ciudades de Europa, quedó maravillada al oír a la cantante del Bajo, que había cambiado los cuplés por los tanguitos. Trató de intuir ese momento en que alguien se convierte a otra música, a otra entonación del mismo idioma, como quien cambia de religión. Oyó cantar a esa mujer la letra que Villoldo le escribió:

A mí me llaman Pepita, jai, jai
de apellido Avellaneda, jai, jai
cuando canto la milonga
conmigo no hay quien pueda.

La Bella Otero quiso sumarla a su compañía y llevarla a Europa.

—¡No puedo, doña, pero se agradece! ¿Qué voy a hacer allí si no conozco a nadie? —le respondió, sensata, la amiga de Villoldo.

Yo tenía otras amistades, que despertaron algunos malentendidos, como la que mantuve con don Benito Villanueva, que nada tuvo de escandalosa ni censurable. Fue la amistad de una artista con su admirador. Yo le estaba agradecida por la vehemente recomendación que hizo Villanueva de mi arte y mi persona a don Víctor Silvestre, el empresario del Teatro Nacional. Pero las malas lenguas quisieron ver algo más. Es cierto que en horas de la mañana yo concurría a las oficinas de don Benito en la calle Cangallo y que las ventanas se cerraban, discretas, mientras el contador de don Benito, Julián Dahlberg, abandonaba el edificio, dejándonos solos. Pero eso, claro está, no prueba nada. Yo me quedaba allí mientras Benito se comunicaba por teléfono con los mayordomos de sus estancias, todos ingleses. Yo lo admiraba, es verdad. Él fue uno de los hombres más generosos que conocí. No tengo por qué decir si fue mi amante o no. No lo fue... al menos del todo. Nuestra amistad fue mucho más fuerte que la atracción física que cada uno podía sentir hacia el otro. Era buen mozo, es cierto, y uno de los hombres más elegantes que frecuenté. En Londres hacían su ropa a medida. Todas las noches se ponía *smoking* para cenar y así presidía las sesiones nocturnas del Senado. Son detalles, lo sé, que para algunos tal vez carezcan de significación. Pero la vida se hace de detalles, de pequeños momentos. Es algo que Sergio Montiel no comprendió nunca. Para él, mi amistad con don Benito Villanueva era sólo una consecuencia de mi afición por los hombres poderosos.

La realidad desmintió ese prejuicio. Un día llegó al teatro un tipo harapiento, con los ojos afiebrados. A Sergio le costó reconocerlo. Era difícil asociar la imagen de ese hombre con la del joven Rafael Barrett. Estaba de paso por Buenos Aires. Había bajado a la ciudad con sus manuscritos, pero pensaba regresar a la selva, donde vivía igual que un mensú. Yo lo reconocí enseguida. Corrí hacia él y lo abracé en el vestíbulo del teatro.

—¡Quédate conmigo! —le pedí.

Los días que Rafael Barrett pasó en Buenos Aires con la Bella Otero son, todavía hoy, un misterio para sus biógrafos. Algunos afirman que tal convivencia no existió, aunque no explican la presencia de Barrett en un hotel de la Avenida de Mayo, que la Otero pagó, dada la precaria situación económica del escritor anarquista. Quienes leyeron su *Epistolario íntimo* (que junto a su *Filosofía de las matemáticas* desapareció en una requisa policial) aseguran que Barrett escribió páginas de encendida admiración respecto a su amiga y protectora, quien lo llevó con ella como secretario privado, en su gira por Uruguay y Brasil.

Se sabe poco de esos días, en verdad. Terminada la temporada en el Teatro Nacional de la calle Corrientes, la Otero, mimada por el público de Buenos Aires, se embarcó con su compañía rumbo a Montevideo. En el pasaje, Barrett no figuraba con su nombre, sino con uno de los tantos seudónimos que utilizó en su vida. Pero una foto tomada durante la travesía por el Río de la Plata muestra a la Bella Otero vestida de blanco, pletórica y sonriente, junto a un hombre de traje oscuro y mirada penetrante, que no puede ser otro que Barrett.

Se presume que mientras la Otero actuaba en el teatro, Barrett se reunía con ciertos conspiradores de Uruguay y Brasil, a los que adoctrinaba sobre la lucha en la selva. El autor de *El dolor paraguayo, Lo que son los yerbales* y *El terror argentino* era, como se sabe, hombre de acción, además de cuentista y filósofo. Se decía que se carteaba con Einstein, que un año antes, en 1905, había dado a conocer su teoría de la relatividad.

Lo cierto es que aquel año de 1906 lo encontró muy atareado. Cuando la Otero terminó su gira por Brasil, él no regresó a Buenos Aires, sino que se internó en la selva, rumbo al Paraguay.

—No te pierdas —rogó la Otero, presintiendo que no lo volvería a ver.

En las noches de luna roja, viene el fantasma de Barrett. Yo lo veo, lo sueño rodeado de pájaros de la selva, caminando por la orilla del mar. No me engaño. Sé que no es él, que es el recuerdo que vuelve, incesante, como la música de un disco cuyo significado no alcanzo a comprender. Lo que recuerdo, sí, es que al volver a Buenos Aires, de regreso de mi gira, un pesquisa, de apellido Zamudio, especializado en extranjeros sospechosos, me mencionó en un informe que entregó a sus superiores de Orden Social. Allí dio cuenta de las actividades de Barrett durante mi gira por Brasil y la Banda Oriental. "Es improbable que la señora Otero desconociera las actividades de su secretario privado, a quien la unía, además, una relación íntima", argumentaba Zamudio, cuyas deducciones y alcahueterías tuvieron un triste final. Pero ésa es otra historia.

XVIII

Arístides Zamudio era un argentino con convicciones. Odiaba lo distinto, lo foráneo. Por eso anotó cada pasaje sospechoso de *La galleguita*, la zarzuela criolla que Sergio Montiel escribió para su amiga y que fue leída en el escenario del Teatro Casino. Entre los que asistieron a esa *lectura de mesa* figuraba el joven comediógrafo Rodolfo González Pacheco, conocido por sus ideales anarquistas. En opinión de Zamudio, él había inspirado a Montiel la figura de *El Libertario* y le había contagiado la costumbre de escribir con mayúscula las palabras *Libertad* y *Justicia*. Preciso y mal intencionado, el pesquisa agregaba algún dato irritante a la filiación de cada concurrente; por ejemplo: *Esther Aarón, costurera y vestuarista, francesa de origen hebreo*. Vicente Zamudio ilustró su informe con citas textuales de la obra *La galleguita* (zarzuela criolla). Una, al menos, mereció su reflexión:

He venido desde España
y acá yo quiero vivir
porque tengo la esperanza
de que me quieran aquí.

¡Ay de mí, ay de mí,
ay de mí si no es así!

"En mi modesta opinión —afirmó el inmodesto Zamudio— la copla pone en duda nuestra generosidad nacional con los extranjeros, mientras el estribillo: *¡ay de mí, ay de mí!*, parece aludir, con sentido crítico, a la Ley de Residencia." Por toda respuesta, el Jefe de Orden Social comentó:

—¡No exagere, che!

Todavía recuerdo las canciones de esa obra que nunca se pudo representar. Me veo como era entonces, una mujer de treinta y ocho años que aparentaba quince menos, en la plenitud de la vida, como se dice ahora. En un costado del escenario, en el Teatro Casino, la dulce Esther oficiaba de apuntadora, mientras Sergio y yo representábamos nuestra obra frente a una sala vacía. Lo recuerdo como un momento hermoso, irrepetible. Sergio interpretaba el papel del Libertario, acompañándose en el piano.

Cuando yo vine a esta tierra
aquí yo quise crecer
como crecen los olivos
en los campos de Jaén.

cantaba El Libertario.

Entonces yo, en el papel de La Galleguita, comentaba:

Vea usté que coincidencia
algo así me pasó a mí
aunque soy de Pontevedra
yo elegí a este país.

(Comentario musical)

Se acercaba El Libertario a La Galleguita y cantaban a dúo:

Aquí vienen los que llegan
como las olas del mar,
con la espuma de los sueños
que en la playa quedarán.

—¿No ve, jefe? Estos extranjeros siempre se están quejando. Nada les viene bien. Y uno les mata el hambre, francamente —opinaba Zamudio.

Como es sabido, la Bella Otero no cantó la zarzuela criolla de Sergio Montiel, la que se representó pocos años más tarde en algunos sindicatos y clubes anarquistas. Su ausencia en la cartelera comercial era previsible. Fue una obra precursora. Medio siglo después se utilizaron, con variada suerte, los procedimientos del café-concert en el teatro político. Pero para ese entonces la Bella Otero ya era sólo leyenda, un fantasma que los más viejos creían haber visto en Buenos Aires.

—No; yo no la vi más —confiesa Gaudencio Suárez, mientras mira el baldío donde pasta el caballo de la calesita—. ¿Para qué? No quise comprometer a La Gallega —dice, y enciende un cigarrillo.

Para Gaudencio Suárez, hombre de Mataderos, parroquiano del almacén Las Tres Esquinas, la Bella Otero no fue más que La Gallega. No estaba a su servicio, no era su guardaespaldas, como dicen. "Para mí, señor, la Otero fue una bailarina como tantas de las que me acompañaron. Porque en el tango, señor, no sé si sabe, el que manda es el hombre". Memora el tiempo en que llegaba a la milonga con dos hembras: la Bella Otero y Pepita Avellaneda. Bailaba con una y otra ante la envidia de los bailarines que se quedaban pagando. Las veía dichosas a las dos. "Yo les daba el gusto... y que los mal pensados pensaran lo que quieran".

Arístides Zamudio asegura que vio bailar a la Otero con otra mujer vestida de hombre. "La susodicha —informa— es la cantante Pepita Avellaneda, que tiene la rara costumbre de vestirse como varón. Ambas bailaron en pareja en una casa de dudosa fama, propiedad de Nicolás Borrini, alias El Tuerto. Bailaron muy canyengue, muy compadre, animadas por una concurrencia insolente y borracha. Es cierto que no llegaron a mayores y que todo transcurrió en aparente orden. Pero es de hacer notar que tal conducta no es propia de señoras decentes, en mi modesta opinión". El jefe de Zamudio sospechó que su subordinado andaba mal de la cabeza y le ordenó que dejara tranquilo al tal Borrini, dueño de un reñidero de gallos y de una casa entretenida, donde los criollos despuntaban sus vicios.

Zamudio le fue con el cuento a don Benito Villanueva; le dijo que su amiga andaba en malas compañías. Se ofreció para hacer una discreta vigilancia. Pero Benito Villanueva era un caballero y se negó a oír. Insistió Zamudio con los punteros del comité conservador tratando de perjudicar a Gaudencio, hombre de don Hipólito Yrigoyen. Se indignó por la indiferencia de "esos malos patriotas". No tuvo aliados para su causa. Supo que debía luchar solo. Vigiló a la Bella Otero y no encontró nada raro. Pero siguió con sus sospechas. No necesitaba pruebas para saber que los extranjeros eran peligrosos y que hacían mala junta con la gente de los conventillos y la chusma bravía.

—Aquel Zamudio era un infeliz, don. Le tenía ojeriza a la Bella Otero —afirma Gaudencio Suárez—. Yo iba a bailar con la doña, que se aficionó a la milonga mientras estuvo aquí.

Todo con respeto, señor, si es lo que usted quiere saber. Pero el infeliz tenía el pensamiento atravesado. Mal bicho. Así le fue. Adonde íbamos con La Gallega, lo encontrábamos al susodicho. ¿Quiere creer? No era de esos mayorengos bravos, que en otro tiempo hacían la pata ancha en cualquier entrevero. No, señor. A él le gustaban las alcahueterías nomás.

La Galleguita, zarzuela criolla de Sergio Montiel, no llegó a estrenarse en el Teatro Casino. Tampoco tuvo suerte su censor, Arístides Zamudio, que había aprendido de memoria los parlamentos y las letras que la Bella Otero debía cantar. Consiguió una plaza de bombero en el Teatro Casino para estar más cerca de los actores. Pensó en quemar el manuscrito de Montiel. "Nadie —pensó el pesquisa— va a sospechar de un bombero". Entretanto, la Otero seguía con sus funciones, reiteraba su repertorio de tonadillas y cuplés que entusiasmaba a sus adictos. Entre bambalinas, con su uniforme de bombero, Arístides Zamudio acumulaba odio. Una noche ese sentimiento creció hasta el delirio. Fue cuando la Bella Otero bailó el tango como si fuera una argentina, una china del arrabal, una puta de los ranchos.

Fue demasiado para él. Creyó que el demonio se había posesionado de la Otero y que la culpa era de esa maldita obra que había escrito para ella Sergio Montiel. Se impuso la tarea de destruirla. Estaba solo en el Teatro Casino, haciendo guardia. Se sentía nervioso, inquieto por lo que no se animaba a hacer: quemar la obra de ese extranjero. No, no se atrevía a entrar en la oficina y sacar el manuscrito. Deambuló por los pasillos, por el escenario vacío, entre los decorados, sintiendo en las manos el sudor del miedo y de la cobardía. Arístides Zamudio enfiló hacia los camarines y entró en el de la Bella Otero. Nadie lo podía ver. Nadie supo que esa noche él acarició los vestidos de la diva, que besó, servil, el ruedo de un traje de luces. Nadie lo vio.

Se decidió, por fin. Buscó en el armario de la oficina el manuscrito de Montiel. Pudo llevárselo, robarlo y quemarlo afuera; prefirió simular un incendio en el teatro. Miró las letras de las coplas, la caligrafía del autor ("de mujer parece, de marica"), las anotaciones en el pentagrama. Encendió la primera hoja que se dobló en una llama roja y azul, como las otras que fueron cayendo poco a poco, destruyéndose ante la mirada justiciera de Arístides Zamudio. "Para eso sirven los versos, para nada", pensó el hombre. Avivó el fuego que se expandió hacia las cortinas, que se propagó hasta el escenario. Feliz y aturdido por su obra, no advirtió que llegaban otros bomberos, con los que se confundió. Al salir a la calle, vio, entre los curiosos, a la Bella Otero. Estaba junto a Gaudencio Suárez. Arístides tocó el arma de la repartición y supo que la iba a usar. Pero no quiso confesar su secreto: que la Otero lo enloquecía con sus bailes, con su cuerpo de diosa. Nunca había visto a una mujer así. De sólo pensar que la gozaba un chino como Gaudencio Suárez se le subía la sangre a la cabeza. Recordó sus años de monaguillo, su virtud, su módica frecuentación de los quilombos, su tenaz soltería. No quiso pensar en los bailes impíos de la Otero en el Casino. Al verla junto al bailarín de Mataderos, le disparó tres tiros.

Ningún disparo alcanzó a la Otero ni a su acompañante quien, por instinto, sacó un cuchillo para su defensa. No recuerda lo demás. Vio a la Bella Otero junto a las ruedas de un carruaje. Creyó que estaba muerta. Vio la cara de Zamudio, el revólver; oyó el disparo que era para él. No murió Gaudencio Suárez entonces; sobrevivió al atentado, gracias a la mala puntería de Zamudio, "más rápido con la lengua que con el revólver", como cuenta Gaudencio mientras mira el baldío donde pasta el caballo de la calesita.

—El mundo da vueltas, señor. Y en una de ésas, cualquiera encuentra la desgracia.

Lo dice con desgano, porque no quiere hablar de la muerte de Zamudio, de esa cuchillada que le dio, por defender a una mujer, a la Bella Otero, que para él siempre fue La Gallega.

XIX

Ninguna obra, por valiosa que sea, vale lo que una vida humana. Y la nuestra era una pequeña obra de varieté, al fin y al cabo. Sin embargo, Sergio Montiel arriesgó su vida para salvar el manuscrito de *La Galleguita*. Fue un loco impulso, que sólo puede entender la gente de teatro, para quien una obra, una escena, un parlamento, una canción, vale tanto como la propia existencia. ¡Dios mío, qué familia la del teatro! ¡Qué locura la nuestra! Yo no puedo olvidar el instante en que Sergio se abalanzó sobre la puerta del teatro y corrió hacia la sala que devoraba el fuego. Lo siguió Esther, quien en medio del incendio trató de rescatar con sus manos el manuscrito de su marido. Y lo veo a él, buscándola entre las llamas. Supe que se querían de verdad y sentí envidia por ese amor desmesurado, que les pertenecía a ellos dos, del que yo sólo era testigo y a veces una intrusa.

No vi cuando se llevaron a Gaudencio Suárez en el carro policial. Pedí por él a don Benito Villanueva, que en esa oportunidad, como en otras, hizo buen uso de sus influencias: a los pocos días Gaudencio Suárez salió en libertad bajo palabra. Cuando se lo agradecí, deslizó un leve reproche acerca de la gente que yo frecuentaba y me aconsejó, como buen amigo, que alternase con personas de mejor ambiente. Él sería mi guía en ese mundo. Para evitar rumores, nos encontrábamos en lugares públicos y siempre acompañados. En la Confitería del Gas, Benito Villanueva me presentó a la señora Emma de la Barra, que por aquel tiempo tenía mucho éxito con un libro, una novela: *Stella,* que ella había firmado como César Duayen.

—Vivimos en un mundo de hombres, querida. A una mujer se le puede perdonar cualquier vicio, pero no su talento —me dijo esa tarde.

Caminamos juntas por la calle Florida, entramos a las tiendas y luego la acompañé hasta la librería del viejo Moen, quien había puesto un empleado especial para vender su libro.

—¿Ve, querida? César Duayen puede gozar su éxito como cualquier escritor vanidoso. Yo no. Yo, Emma de la Barra, soy mujer de empresa. Espero ganar algún dinero y saber invertirlo —me dijo—. ¿Y usted? Debe pensar en su futuro, querida. La juventud pasa demasiado pronto y la fama es puro cuento, Carolina.

Debí pensar en eso. A pesar de mis treinta y ocho años, mi figura era de una muchacha de veinte. Sin embargo, sabía que ni las cremas ni los masajes podían recuperar la juventud perdida. No sabía cuánto tiempo podía brillar aún en los escenarios.

Fue una locura haber alentado la esperanza de protagonizar en Buenos Aires la obra de mi amigo Montiel. Don Benito Villanueva se alegró al saber que había sido destruida por el fuego. Se alegró de verdad. Y no lo culpo; él conocía mi afición por el lujo, por la buena vida. Yo poco tenía que ver con esa obra que exaltaba la rebeldía frente a los ricos. Benito Villanueva, muy paternal, me lo hizo entender. Conversábamos mucho en su hermosa casa, custodiada desde la puerta de hierro forjado por el fiel Atilio, el fornido italiano vestido siempre de levita. *"Bon giorno, signorina"*, me saludaba el más elegante de los porteros que conocí. Yo respondía su saludo y cruzaba el jardín rumbo a la casa, uno de los palacetes más famosos de Buenos Aires. Subía la escalinata y entraba en la terraza entoldada de glicinas. Ahí me esperaba Benito, quien me guiaba hacia el interior de su palacio. Una luz tenue atravesaba los vitrales del enorme vestíbulo. De allí se llegaba a los salones en cuyas paredes se veían hermosas pinturas. Me sentía cómoda en ese mundo ajeno a la fealdad. Y aunque sabía que, de algún modo, traicionaba a Sergio y a Barrett, a los puritanos de la Revolución, me absolvía de toda culpa. Yo había vivido en carne propia la pobreza, no ellos. También Benito había sido pobre, al quedar huérfano, de niño, después de un terremoto, en Mendoza. Nada teníamos que reprocharnos. Con delicadeza, él me conducía por ese salón de paredes tapizadas de damasco rojo, hasta el piano de cola, que estaba junto a la escalera de mármol que llevaba a la planta alta. Yo me sentaba al piano y tocaba para mi amigo alguna seguidilla o una romanza o una canción de mi tierra. Y cantaba en gallego. Por un momento era otra vez la niña de Puente Valga que se había perdido en el final del mundo, en un lugar que se llamaba Buenos Aires.

Con Benito íbamos al Hipódromo de Palermo, lugar de cita de la sociedad porteña. Más de una vez me encontré allí con Emma de la Barra, que disfrutaba del espectáculo mucho más que del juego. Ojalá yo hubiera sido así. Con mi amiga comentábamos la elegancia de ciertos espectadores, habitués del hipódromo: los Láinez, los Derqui, los De Vedia; y criticábamos, como comadres, los vestidos a la última moda de París que lucían las señoras en esas tardes de sol. Salían los caballos a la pista. Emma y yo elogiábamos los colores de las blusas de los jinetes, la prestancia de ese jockey moreno, de la Banda Oriental, que me trajo el recuerdo de Abdul. Después nos deteníamos en la musculatura y el brío de los animales, colocados detrás de las cintas. Cuando largaban, una seguía a su favorito como si lo montara igual que una amazona o como una cautiva en las ancas del caballo.

Benito me cedió sus prismáticos. Él no sabía que yo había apostado muchísimo dinero a las patas de un caballo, porque su nombre resplandecía entre todos: Lucero. Tampoco Emma sospechaba mi imprudencia. Vi correr a Lucero como pegado a los palos y luego abrirse en la curva para encabezar el pelotón en la recta final. Sin embargo, su escolta hasta ese instante, Relámpago, conducido por el moreno de la Banda Oriental, fue acortando las distancias con Lucero, hasta correr cabeza a cabeza y llegar al final como ganador.

Esa tarde perdí la mitad de lo que había ganado en Buenos Aires, en Montevideo y Río de Janeiro. Y no lo podía confesar a nadie. El juego era entonces mi placer secreto, como más tarde fue mi perdición.

A veces sueño con Buenos Aires, con una calle empedrada de la Boca, con el cafetín donde cantaba Pepita Avellaneda. Es como ver una película que otra vivió por mí y que yo veo en un cine vacío. Son fantasmas, lo sé. Pero es lo único que tengo. Sueño que vuelvo allí, que estoy cantando y bailando en el Teatro Nacional y en el Teatro Casino, que ensayo *La Galleguita*, la zarzuela criolla de mi amigo Sergio Montiel. Pero sé que no es cierto.

Nos veíamos poco en Buenos Aires, como si fuéramos

extraños. Mi temporada estaba por terminar. Cuando me preparaba para regresar a Europa, busqué refugio en la casa de Sergio y de la dulce Esther. Ambos trabajaban en reconstruir la obra destruida por el fuego. No sé si valía la pena, pero era conmovedor verlos a los dos rescatando de la memoria la música y los versos de la zarzuela criolla. Ya no la sentía mía. Al fin, debía reconocer que para mí el teatro era diversión, un hermoso juego. En cambio, para mi amigo y su compañera se trataba de un apostolado.

—Algún día, esos dos caminos terminarán por encontrarse —profetizó mi amigo.

—Pensamos representar la obra en los sindicatos —confesó Esther Aarón.

Era una tarde gris, en Buenos Aires. Se oía el agónico silbato de un tren.

Me fui despidiendo poco a poco de la ciudad que no volvería a ver. Antes de irme, hice un último intento por encontrar a mis hermanos. El cónsul español buscó sus nombres, pero no los encontró en sus registros. Yo intuía que estaban en la Argentina, mejor aún: en un lugar de Buenos Aires. Y nuevamente recorrí las calles de la ciudad, los barrios de casas bajas, los patios de los conventillos, los zaguanes profundos, el almacén donde un Iglesias que no era mi hermano despachaba yerba, tabaco y ginebra a los carreros del Sur. Me pareció ver a Gaudencio Suárez al doblar una esquina, pero se perdió en un potrero. Buenos Aires se fue haciendo irreal, como sus tangos, que siempre lloran lo perdido. Me fui despidiendo de a poco, como si tuviera nostalgia de mí misma, de lo que era en ese instante y no volvería a ser. Mi lugar no era éste; éste era el lugar de Pepita Avellaneda, la reina del Palais de Glace, del Armenonville y el Varietés. Miré su cara, su linda figura, en el cartel de un teatro. Era como mirarme en un espejo. Me dieron ganas de llorar.

En un coche cerrado, dimos un último paseo con Benito por el Rosedal y los bosques de Palermo. "No voy a tener tiempo de extrañarte —me dijo—. Pronto voy a ir a París." Miraba complacido a Buenos Aires, la ciudad que era suya, la de los palacetes, las calles y avenidas que recorrían los coches a caballo y los pocos automóviles de entonces. Insistió en ir conmigo al puerto para evitarme los engorrosos trámites del embarque. Así era Benito: a una le hacía fácil la vida.

Aquella mañana en la que me embarqué, mi amigo saludó a varias familias que viajaban a Europa, gente de la alta sociedad que llevaba vaca propia en la bodega para darles leche fresca a los niños. Los hombres, en su mayoría estancieros, hacían sus negocios en Londres y se divertían en París. Algunos me saludaron con una sonrisa que intentaba ser prometedora; otros pretendían ignorarme para no despertar los celos de sus mujeres.

—Tené cuidado con esos zorros viejos —bromeó Benito y escuché la cadencia criolla, tan argentina, de mi amigo.

—No hay miedo, che —le respondí como si no fuera yo, sino Pepita Avellaneda.

El barco estaba por zarpar. Sonó una campana y bajaron a tierra los visitantes. Sentí la ausencia de Sergio y Esther. Entonces, como si soñara despierta, creí ver entre la bruma el carro fantasmal de Gaudencio Suárez, que se alejó del puerto. En el muelle se agitaban los pañuelos y sombreros de la despedida. "Como en el cuadro final de una comedia", pensé.

Durante el viaje, soporté con buen humor el galanteo de los hombres y los chismes de sus mujeres. Al cruzar el Ecuador, durante el baile de disfraces, me vestí de gitana. Bebí demasido, creo. Un húngaro, al que llamaban El Conde, me llevó a su camarote. Fue una tontería, lo sé, porque en lo único que pensaba era en mis padres imaginarios, en la gitana y el aristócrata enamorados para siempre.

XX

Fueron años de gloria para el varieté, en los que reinó la Bella Otero. Desde fines del siglo XIX hasta las dos primeras décadas del XX su nombre brilló sobre el de numerosas cantantes, bailarinas, actrices y transformistas de la época. Muy dúctil, fue adecuando su estilo, depurando sus musicales, enriqueciendo las coreografías de sus espectáculos. A su repertorio de cupletista y tonadillera sumó sus interpretaciones del shotís.

Yo bailo lo que quiero, y orgullosa
le doy algunas vueltas al shotís.
No hay quien pueda con nosotras
ni en Italia ni en París.
No hay nadie que lo baile con la gracia
que Dios, ay Virgen mía, puso en mí.
Os digo que el shotís así se baila:
con la gracia y el estilo de Madrid.

Cosmopolita en sus costumbres y en sus amistades, la Bella Otero jamás abandonó el género español en cualquier escenario del mundo. Reina del varieté, no intentó incursionar en otros géneros más sofisticados. Se supo, sí, que tomó clases de danza clásica en París y otras de canto con una profesora italiana. Pero tuvo la inteligencia de que esos ejercicios no se notasen, de que todo pareciera espontáneo y natural cuando ella salía al escenario.

Algunos me llaman diosa
y no lo voy a negar
soy diosa de lo que quiero:
que es el arte de bailar.
Me llaman la Bella Otero
la que aquí viene a cantar.
Que lo sepa el mundo entero:
¡yo nací para brillar!

Desafiante, exhibía en el escenario una estudiada egolatría que molestó a sus rivales (que fueron muchas) y a sus imitadoras (que fueron más). Ella proyectó sus giras por distintas ciudades. Sólo una vez, en Londres, interrumpió su presentación. "Por fuerza mayor y por respeto", como dijo el empresario de la sala.

El 6 de mayo de 1910, el rey Eduardo VII de Inglaterra, el *querido Bertie* de la Bella Otero, murió de una bronquitis en la ciudad de Londres. Ella estaba allí, precisamente, donde debía actuar con un espectáculo de danzas, canciones y pantomimas, que se suspendió por el duelo. Ese año había rechazado una oferta para regresar a la Argentina y sumarse a los festejos del Centenario. "Aquí se vería como un gesto de buena voluntad", había escrito el empresario que quería contratarla. Don Vicente Risolía —que de él se trataba— alentó esa idea al saber que llegaría a Buenos Aires la Infanta Isabel y que se habían suprimido de nuestro himno algunas estrofas consideradas ofensivas para la Madre Patria. "¿Qué mejor momento para regresar?", se preguntaba Risolía. La Bella Otero consideró la oferta, pero una carta de Bertie le hizo cambiar sus planes. Su amigo, que había reinado durante ocho años, la invitaba a pasar un tiempo en su país, asegurándole trabajo y estadía para ella y para sus actores, bailarines y músicos. Magnánimo, no esperaba ninguna retribución amorosa. Ahora le bastaba la ternura de la princesa Alejandra y la pasión de Alice, su amante. Ya no frecuentaba con tanta asiduidad a las esposas de sus amigos. Quería ver a la Bella Otero una vez más. Que cantara y bailara para él. Sólo una noche. Por eso ella estaba allí, con toda su compañía. Pero la muerte, la imprudente, impidió esa función.

Cerraron el teatro por duelo. Carolina, junto a sus actores, sus bailarines y sus músicos, se sumó a los que miraban el imponente cortejo que despedía a Bertie. Encabezaba la columna el caballo favorito del rey: Kildare, que marchaba sin jinete pero con sus botas hacia atrás. Lo seguían, cabalgando, nueve reyes de Europa. "En escarlata y azul, en verde y púrpura, de tres en tres desfilaban los soberanos con cascos empenachados, charreteras de oro, fajas carmesíes y enjoyadas insignias que centelleaban al sol. Seguían cinco príncipes herederos, cuarenta altezas imperiales o reales, cuatro reinas madres y tres reinantes", contó Bárbara Tuchman. No mencionó a la Otero, perdida en la multitud, a la mujer que arrojó una rosa al paso del cortejo.

La muerte de Bertie fue, para mí, la de una hermosa época que no se volverá a repetir, un tiempo que transcurría más lento y apacible. De pronto, comprendí que era una mujer madura o que comenzaba a serlo, alguien que iniciaba el camino hacia la vejez y la muerte inevitable. Ese pensamiento me sobresaltó. Temí el deterioro de los años, los achaques, las miserias del cuerpo. No quise esperar, resignada, ese momento. Fue en ese año en que decidí apurar el tiempo que faltaba. Por eso, quizá, busqué el vértigo en los amores fáciles y las mesas de juego. Venían juntos. Yo tenía fama y dinero entonces. Podía comprar la juventud o el sucedáneo de la juventud en los hoteles y casinos de Europa. Era una reina todavía, era una diosa.

De Londres viajó a París y de París a Montecarlo, donde había estado con el príncipe Alberto. Se la vio en las playas, manejando un automóvil y trepándose a un globo. En las fotografías que mienten la fugaz alegría de los famosos, la Bella Otero siempre tuvo su lugar. "Si un día no aparecés en las revistas, vas a creer que no existís" —le decía Manuel Ugarte, hablándole *en argentino*. Ella colocaba la palma de su mano en la boca de su amigo para que dejara de decir esas cosas, para que terminara con sus críticas. Él besaba sus dedos y después, como quien habla con una niña a la que hay que hacerle comprender el mundo, le decía que se marcharía de Europa, que iría a México donde había una revolución en la que quería participar. A la Bella Otero esa idea de Manuel le parecía absurda. Pero ya conocía a otros hombres como ése, a otros ilusos, como Rafael Barrett, perdido en la selva paraguaya.

Yo me preguntaba por qué me atraían tanto los hombres que parecían ser una cosa y eran otra; hombres tan finos y tan cultos como Ugarte y Barrett, que abandonaban el mundo confortable al que estaban destinados para arriesgar su vida lejos de la civilización. No los entendía, en verdad; ellos tomaban un camino inverso al mío: abandonaban el lujo para defender a los débiles; desertaban del placer y optaban por el sacrificio y el riesgo. Como los santos. Claro que ellos no lo eran; yo los conocía bien. Pero en algo nos parecíamos: necesitábamos el vértigo, la acción. Yo pasaba los días y las noches en el teatro y me sentía vivir cuando entraba a escena. O cuando jugaba, cuando arriesgaba en una sola postura miles de francos ante los ojos atónitos de los más prudentes. En el girar de la ruleta, en el golpe de azar de los dados o de la baraja, sentía una emoción semejante a la que me despertaron los hombres que amé o creí amar en aquel tiempo. Y que Dios me perdone por lo que acabo de decir.

La Bella Otero supo que Barrett había regresado de la América del Sur, al parecer enfermo. Pero no tuvo otros datos sobre su amigo. Temió que la policía anduviera tras él. Intentó comunicarse a través de algunos compañeros de trabajo, cómicos y artistas de varieté, simpatizantes de los libertarios. Confirmó su sospecha: Barrett estaba en Francia, pero cambiaba de domicilio con frecuencia para no ser apresado por la policía política. Le contaron que convalecía de una extraña enfermedad contraída en la selva paraguaya. Barrett, igual que la Otero, ya no era joven; ya no era el muchacho brillante que ella había conocido tiempo atrás, sino un hombre fatigado por años de lucha. Le pidió a Santos, a su primer bailarín, simpatizante de los libertarios, que averiguara discretamente el paradero de Barrett. Él le llevaría su mensaje y el dinero que la Bella Otero le enviaba. Entretanto, ella prepararía su traslado a una clínica de París.

—Dile que si no puede venir por sus propios medios, yo iré a buscarlo.

Y agregó, como en broma:

—Que no se me muera, por favor.

"Cuando una es joven la muerte es algo que les ocurre a los otros", pensé. Pero tampoco ahora yo podía pensar en la muerte. Es decir: en la muerte física y vulgar, la de los hospitales. Lo de Bertie fue distinto. Era la muerte de Eduardo VII, de un grande, una ceremonia a la que habían concurrido los reyes de Europa para despedir a un igual. Una muerte distante, al fin. Pero ahora el que estaba en peligro era un amigo cercano. Tuve miedo de presentir su muerte. Lo imaginé solo, en una pieza de pensión, enfermo. En ese momento oí la voz de mi traspunte que me llamaba a escena. Tuve tiempo para corregir la pintura corrida por el llanto. Salí al escenario como el torero sale al ruedo. A ganar o a morir. Al oír la música, al ver las luces de las candilejas, pude borrar los malos pensamientos, las ideas funestas, la miserable realidad. Allí estaba yo, en el centro del mundo. Era otra vez la Bella Otero.

Bailé como nunca, dicen. Bailé como si fuera a morir al día siguiente y debiera concentrar toda mi fuerza en los movimientos de esa danza que en ese instante era la vida. Mi cuerpo respondía aún. Más todavía: ese cuerpo que había dejado de ser joven se movía en el escenario con un ímpetu desconocido, como si se acariciara en el placer solitario y renaciera de su éxtasis. Vivir y morir al mismo tiempo, una y otra vez; sentir que el cuerpo se salía de sí en cada giro de la danza. Fui una y fui muchas esa noche. Había abolido el tiempo de los relojes y los calendarios. La Bella Otero —me dije— no envejecerá jamás. Me mentía, claro. ¿Pero qué artista no se miente para seguir en el escenario cuando las fuerzas comienzan a disminuir, cuando se teme el olvido del público? No soportaba la idea de un manso retiro, de un lugar anónimo, y menos todavía el de un asilo de viejos actores donde cada uno revive el tiempo que pasó. Es cierto, yo ahora hago lo mismo: cuento lo que fue, lo que fui, cuando el tiempo, ese impostor, me trae la marea de todo lo vivido.

Santos trajo noticias de Barrett. No eran buenas. El amigo de la Bella Otero permanecía internado en un hospital de Arcachon. Los médicos dudaban y se contradecían en sus pronósticos. Habían diagnosticado una enfermedad del trópico, una mala fiebre que los desconcertaba. Entretanto, Barrett continuaba delirando; soñaba que seguía abriéndose paso en la selva con su machete y que alentaba la rebelión de los mensúes. Por intervalos recuperaba la lucidez, pero por poco tiempo. En uno de esos momentos, Santos logró darle el mensaje de la Bella Otero y el dinero que Barrett entregó a la joven que lo cuidaba. "Me pondré bien, iré a verla a París", prometió Rafael Barrett al emisario.

Barrett murió unos días más tarde, el 14 de diciembre de 1910. El viejo luchador no había cumplido aún cuarenta años.

Con el tiempo, una se acostumbra a dialogar con sus fantasmas. Y la gente cree que una habla sola porque está loca. No saben que, por el contrario, es la manera de combatir la soledad, de ahuyentar la locura. Lo sabía mi amiga Colette, la escritora. Y el "loco" de Ugarte que iba a escribir las historias que le conté en su casa de Niza, cerca del mar, cuando los dos ya éramos viejos. Manuel me servía el vino, cortaba el pan, distribuía los quesos en los platos de madera. "Placeres de viejos", insistía en decir, aunque a él lo visitaba una muchacha y sus ojos aún resplandecían de malicia. Hablábamos mientras oíamos el sonido del mar, el ruido de la vida, como decía Manuel.

El deseo es cruel con los viejos: les hace creer que todavía habrá otra oportunidad para la dicha, para sentirse vivir como cuando se es joven. Muchas veces me sentí así, traicionando la realidad de los espejos. No, no miré mis arrugas, ni tomé en cuenta el dolor de mis achaques. Me burlé de esas miserias para poder seguir en el mundo. Me reí de ellas, me río aún, mientras pongo en la victrola el disco que dice...

...y va al baile derramando sal
bailando el shotís que le pide él
y la agarra con firmeza y tal
empieza el movimiento que aquí ves.

Bailo sola, bailo frente a la playa vacía, bajo las estrellas. Bailo con los fantasmas de mi juventud, con los hombres que me toman de la cintura y me hacen girar como un trompo, cada vez más rápido, más rápido, más rápido, hasta que caigo desmayada en la arena y amanece otro día.

XXI

La Bella Otero, que había aprendido a bailar el tango en Buenos Aires, se lucía en París bailándolo en el salón de madame Rezke. Frecuentaba el salón gente de la nobleza europea, cazafortunas y aventureros de toda índole, argentinos distinguidos y de los otros. Entre los primeros estaba el pianista Alberto López Buchardo, músico preferido de madame Rezke, autor de *Germaine*, de *Poupée* y *Esperame a la salida*. Aquellos argentinos, tangueros, cultos, elegantes (y, desde luego, bilingües), gustaban a las mujeres que visitaban el salón, solas o acompañadas. La Bella Otero prefería llegar sola y entregarse al "tango sincero y triste" como le dijo el argentino que la invitó a bailar. Ella había llegado apantallándose con un abanico de plumas, ceñida en el corset negro, como bailarina de can-can, pero con aire de milonguera, como si estuviese otra vez en Buenos Aires. López Buchardo, en el piano, tocaba *Mala sombra*. El argentino que la invitó a bailar le puso su mano en la cintura. La Bella Otero se dejó llevar como cuando bailaba con Gaudencio Suárez, obediente al deseo del hombre. Él se pegaba a su cuerpo y se hacía uno con ella. La Bella Otero sintió, contenida, la urgencia del macho sombrío. Bailaban los dos en el salón de madame Rezke, se buscaban, fingían resistencias. El hombre, un argentino (no sabía su nombre todavía), disimulaba su prepotencia de varón. Bailaba como indiferente, pero pudiéndola, la mano en la cintura y después un poco más abajo. Ella lo dejó hacer, lo fue siguiendo como si fuera su sombra. Sentía su respiración en el cuello, su perfume de hombre y el lejano aroma del tabaco, esas pertenencias del varón que bailaba. Otras parejas, en el salón, repetían el mismo ritual y se deslizaban, lentas y solemnes, mientras sonaba el tango. Después se refugiaban en las mesas y los apartados del fondo, detrás de los cortinados de terciopelo rojo. Entonces el argentino le dijo quién era, le dio su nombre, que la Bella Otero iba a guardar entre las reliquias de su memoria: se llamaba Ricardo Güiraldes y era el bailarín mimado de la casa.

Otra bailarina que sería famosa y que frecuentaba, de incógnito, el salón de madame Rezke era una neerlandesa llamada Margareta Geertruida Zelle, hija de un sombrerero. Pocos años después, el mundo la conocería con otro nombre: Mata Hari. Fue amiga de la Otero. Por esa razón ella tuvo que declarar cuando apresaron a la bailarina en 1917, acusada de espiar en favor de Alemania. La Otero nunca creyó en esa historia. Sabía, por experiencia, que una mujer se arriesga cuando frecuenta a los poderosos. Allí mismo, en el salón de madame Rezke, la Otero descubrió al pesquisa Dupont, que la había seguido desde la muerte de Bertie en Inglaterra. "Es un cretino enamorado de sus legajos", decía. Las dos (la Otero y la Zelle) bailaron juntas una noche de 1911, cuando la concurrencia había abandonado el salón y ellas estaban solas y dicen que borrachas. La Otero bailó como le había enseñado Pepita Avellaneda, apoyó sus pechos en los de la neerlandesa y se apretó a la mujer como si fuera un hombre. Bailaron con delicadeza, con ternura, algo que ignoran casi siempre los varones. Se dejaron llevar una en la otra. "Y no contaré más nada, Colette. Lo demás, lo adivinas".

La Bella Otero admiró a Mata Hari. Quizás hasta envidió su muerte, que le ahorró las miserias de la vejez. La vio bailar cuando resplandecía como una estrella de la danza, separada del capitán Campbell Mac Leod, quien la había llevado a Java y a Sumatra, donde la neerlandesa dejó de ser una esposa obediente, sentada en el porch, esperando a su marido, el oficial colonial. Fue otra. Enfrió el té conyugal para transformarse en Mata Hari, o *El Ojo del Día* (El Sol, en malayo). La Otero sintió como suya esa mutación, ese dejar la tutela del hombre. Hubiera querido ser como ella, espléndida hasta en el escándalo del espionaje y las sospechas y las intrigas que terminaron frente a un pelotón de fusilamiento; bailar como una sacerdotisa o cortesana de la India, ondular como una javanesa. La Otero la vio bailar y soñó que era ella quien estaba en el escenario, quien respondía al estímulo de esa música exótica, quien danzaba con las caderas y el vientre y los pechos que parecían escapar del corpiño. "No podré bailar nunca como ella", pensó la Bella Otero al salir del teatro, en la noche más fría de París.

No fui una espía como Mata Hari. Ésas son calumnias. En cambio, no negaré que realicé algunas diligencias para mi amigo Manuel Ugarte, que pudieron confundirse con esa peligrosa actividad. Manuel andaba a salto de mata por América, por esos países que Dios sabe dónde quedarán. Hacía discursos que enfervorizaban a la gente y que impacientaban, con razón, a los dictadores. Pusieron precio a su cabeza. Cuando lo echaban de un país, entraba, clandestino, a otro. Y seguía en las mismas. ¿Pero quién soy yo para juzgarlo? Lo único que hice por él fue entregar su correspondencia, que llegaba casi siempre acompañada de un obsequio: un sarape mexicano, una pantalla de palma de Cuba o uno de esos obscenos muñequitos del Perú a los que el sinvergüenza de Manuel hacía grandes elogios. ¿Debo arrepentirme por eso, por esas travesuras de mi amigo? Además, su correspondencia tenía pocos destinatarios y, al final, sólo uno: el señor Jean Jaurés, un socialista que se oponía a una posible guerra. Fueron mis visitas a Jaurés las que despertaron las sospechas del pesquisa Dupont. Solía verlo, semioculto, a la salida del teatro y, como ya dije, en el salón de madame Rezke, donde —según Dupont— se reunían los aventureros y los espías, las mujeres dudosas y los argentinos que bailaban el tango.

En 1914, cuando asesinaron a Jaurés, la Bella Otero supo que la guerra comenzaba. Ese día, en la calle, se encontró con el periodista Maurice Meyer, quien la había cortejado años atrás. Estaba demacrado, triste, azorado aún por la noticia. Entraron juntos a un *bistró*. Meyer dejó el periódico sobre la mesa, donde se leía *Mataron a Jaurés*.

—¿Qué mundo es éste, querida? ¿Qué hicimos de este mundo? —preguntó, sin esperar respuesta, ensimismado en sus pensamientos, en su desazón, en la incertidumbre que se cernía sobre Europa.

—¿Qué pasará ahora? —preguntó, a su vez, la Bella Otero.

—No lo sé... la guerra —murmuró Meyer.

Por la calle pasó un grupo de muchachos gritando sus consignas. La Bella Otero recordó a los que un día irrumpieron en el teatro, maldiciendo a Dreyfus y a todos los judíos.

—Parecen los mismos...

—Son los mismos, Carolina. Lo único que hacen es cambiar el objeto de su odio.

—Me gustaría estar en otra parte, bien lejos...
—¿Dónde, amiga?
—En Buenos Aires, por ejemplo.
—¿Acaso no llega el odio allí? —preguntó Meyer con una sonrisa demasiado triste.

La Bella Otero no supo qué responder; pensaba en sus amigos de Buenos Aires y en el "loco" de Manuel que andaba de agitador por los ignotos países de América. A la noche, soñó que regresaba a Buenos Aires, a esa ciudad construida junto a un río ancho como el mar.

Supe que mi mundo llegaba a su fin, que nada sería igual después de aquella guerra. Lo supe por las conversaciones que tuve con Meyer y las pocas que había sostenido con Jean Jaurés, cuando le llevaba la correspondencia de Manuel Ugarte. Pero ante todo lo supe por mi corazón, por el presentimiento de que la fiesta había terminado. Me entristecían los hombres que iban a morir. Sobre todo los más jóvenes, esas criaturas que sabían tan poco del amor y tan poco de la vida. Por aquel tiempo, el vodevil, el varieté, el music-hall, el café-concert, transformaron en parodia y mascarada la tragedia. En los teatros se burlaron del enemigo y se rieron del propio miedo que todos sentíamos. Los cómicos aparecían en el escenario disfrazados de *boches* alemanes, de ridículos soldados que se tropezaban entre ellos. La gente reía, los insultaba, sin el riesgo de morir de un balazo o de una herida de bayoneta; se reía como se ríen los niños de los monstruos de los cuentos. Nada era verdad. La muerte estaba lejos, en las trincheras llenas de piojos y de ratas. En París uno podía reírse todavía. Entretanto, en Berlín, otros se reían de igual forma y hacían burla del *poilu* francés o el *tommy* inglés, esos débiles y afeminados a los que iban a vencer. El teatro era un arma igual que el periodismo en el que cada país reclutaba voluntarios para el odio. Era peligroso negarse, sobre todo para una extranjera como yo. Eso me costó la sospecha de una inverosímil colaboración con los alemanes. Fue una calumnia del xenófobo Dupont, que intentó, aunque sin suerte, unir mi actitud a la de la desdichada aventura de Mata Hari. Sin embargo, como un desmentido a esa calumnia, yo actué para los soldados, al menos una vez. Recuerdo esa memorable función que tuvo como escenario el cuartel de la Legión Extranjera. Yo me abstuve de cantar las cancioncillas de propaganda que se usaban entonces, de hacer bromas acerca de los *boches,* de reírme del miedo. Prefirí entonar canciones picarescas y bailar como en los buenos tiempos, meneando las caderas, entregándome a todos y a ninguno. Después canté el cuplé de Juan Español. Con él había hecho llorar hasta la Guardia Civil. En la Legión Extranjera había muchos españoles y también legionarios de Marruecos, moros melancólicos, árabes de ojos encendidos como Abdul. Canté para los sin patria, para los nadies de la Tierra, para los que abandonaron una mujer, para los que no conocieron a su hijo.

Un soldado en Tetuán
se encaprichó con una mora
que a su amor correspondió
con inocencia encantadora.
El día que lo trasladaron
amor se juraron
y con dolor se separaron
creyendo morir.
Pero él, muy formal,
la dijo al partir:
Yo me llamo Juan Español
y nací en la tierra del sol,
pronto cumpliré, me licenciaré
y por ti vendré.
Si el querer supiste guardar
yo te llevaré ante el altar,
y a mi tierra irá
linda como el sol
la mujer de Juan Español.

Pero ya no la escribió
ni supo nada de su amante,
y la mora se encontró
en situación muy alarmante.
Pensando en lo que le diría,
con gran alegría
al rey mandó una carta un día
diciéndole así:
Mi novio, ¿qué es de él
que no viene aquí?

Es su nombre Juan Español
y nació en la tierra del sol,
pronto cumplirá, se licenciará
y por mí vendrá.
Dígale que en él tengo fe
y que aquí le espera un bebé,
que el retrato es,
lindo como un sol,
del alegre Juan Español.

Si una canta una historia de amor, canta todas las historias, pensé. Los soldados me escuchaban en silencio. Todos eran Juan Español ese día.

Aquella noche viajé sola a Madrid. Quería visitar esos teatritos en los que había comenzado mi carrera. Necesitaba creer, como el hijo pródigo, que siempre hay un sitio al que se puede regresar.

XXII

La Bella Otero se exilió en su propia patria. Europa estaba en guerra y sus ex amantes combatían en un bando y en otro, en el insensato afán de repartirse el mundo. Su amigo Meyer, después de ser apaleado por publicar un libelo pacifista, se había dirigido a la localidad suiza de Zimmerwald para reunirse con otros militantes de la paz. No tuvo suerte. Su espíritu moderado chocó contra el de la señora Rosa Luxemburgo, que proponía la lucha de clases como antídoto contra la guerra de los poderosos. "Esta dama —le escribía Meyer a la Bella Otero— es una sacerdotisa laica de la pasión. He sentido flaquear mis convicciones frente a ella. Tiene un carácter impetuoso como el tuyo. ¿Será por eso que me gusta?", se preguntaba. La Otero sonrió, porque sus ímpetus habían disminuido, un poco por la guerra y otro por la edad, por ese acercarse a la vejez que tanto temía. "Intentaba —como le dijo años más tarde a su amiga Colette— una cura de abstinencia mientras hacía mi peregrinación a las fuentes". Durante la Semana Santa se sumó a una procesión. Nadie la reconoció debajo de su mantilla negra. Se sorprendió rezando. Hacía mucho tiempo que no repetía las palabras de la oración. Compartió, por un instante, la felicidad de los creyentes. Igual que cuando entró con el príncipe Alberto de Mónaco a la catedral de Reims y rezaron juntos, como si fueran novios. Pero ahora la catedral había sido bombardeada por los alemanes. "Santa María, Madre de Dios, ruega por nosotros, pecadores" rezó junto a las otras mujeres de la procesión, detrás del palio de la Virgen.

Casas de piedra, cubos grises. Allí estaba mi pueblo. Una podía bajar por esa colina hasta la ría y cruzar el puente rumbo al puerto. Yo llegaba hasta allí en el pescante de un carro, y el hombre que lo conducía no podía creer que yo hubiera nacido en ese pueblo, yo, una mujer tan bien vestida y que hablaba "como una señora de calidad", según dijo.

—¡Andando, hombre! —le respondí— que no tengo toda la vida por delante.

El olor del pueblo se confundía con la brisa del mar. Era un olor que venía desde mi infancia: olor a heno y a barracas, al aceite y al vino de la fonda, el olor de los mulos, del pesebre y el incienso de la iglesia.

Había regresado como una forastera. Nadie me reconocía aún.

"¡Agustina!", oigo que me llaman. ¡Dios mío! Esa mujer envejecida es mi amiga Ramona. Era una niña cuando me fui. "La pobreza envejece", pienso, pero ella sonríe y Ramona es otra vez la chica que corría por los campos. No se ha movido desde entonces de este pueblo, esta tierra. Para ella el mundo termina en el camino que lleva a la ciudad. Me conduce hasta su casa. Nos vamos riendo juntas como antes, atropellándonos con las palabras, los recuerdos, los nombres que salen del olvido. Su casa huele a limpio. Toda su vida transcurre entre esos muros. No se queja. Tiene marido, hijos. "Una vida decente", dice. Me acerca un tazón de caldo.

En la cuna hay un recién nacido. Llora y Ramona le da la teta. "Se llamará Ramiro, como su padre", me informa mi amiga.

—Quiero que seas su madrina —me dice.

—¿Yo?

—No veo a otra por aquí —se ríe Ramona.

Trato de disuadirla. Yo no me quedaré en el pueblo.

—Estoy de paso —le digo.

—Todos estamos de paso en este mundo —me responde mi amiga.

Miro al hijo de Ramona y me vienen ganas de llorar. Será que estoy envejeciendo, que ya no sangro, que nunca tendré un hijo.

—Tómalo en tus brazos —me ordena mi amiga.

Anochece y comienza a hacer frío.

—Te quedarás aquí —me dice.

—No, no quiero molestar. Tomaré alojamiento en la posada. Pero te prometo que nos veremos todos los días.

—¡Pobre de ti si no lo haces! —dice Ramona mientras me acompaña hacia la puerta, con Ramiro en los brazos.

Yo quería recuperar el aire de mi tierra, el olor y el color de los viñedos, de los castaños y nogales, de los valles profundos, de las voces de mi gente. Yo tenía nostalgia de la que había sido alguna vez. Pero tenía miedo. Mis hermanos ya no vivían allí. Habían partido para América. Recordé unos versos de Rosalía de Castro:

Este vaise y aquel vaise
e todos, todos se van:
Galicia, sin homes quedas
que te poidan traballar.

Quedaban las mujeres, las madres. Quedaba Ramona que bajaba a la ría con Ramiro en sus brazos; quedaban los sembradíos y el sonido de una gaita en el atardecer. "Yo soy *eso*", pensé y me di cuenta de que estaba hablando el idioma de mi infancia, que canturreaba, en gallego, las canciones de mi madre. Pero tenía miedo, otra vez. Como si tuviera once años y estuviese en el sótano del zapatero que me violó y fracturó la pelvis. Temblaba frente a su casa. Toqué el revólver que llevaba en mi cartera. Supe que iba a matarlo.

En el pueblecito de Valga todos se conocen; todos saben que el zapatero murió loco. Es lo que cuenta la muchacha que ahora vive allí. La Bella Otero agradece a Dios que le haya evitado una desgracia. Esa tarde, con su amiga Ramona, va a la iglesia.

Tiene miedo de que la reconozcan y no la dejen entrar por pecadora; quiere ser Agustina Iglesias y no la Bella Otero. Tiembla al pensar que puedan aparecer las monjas del convento y la acusen ante el sacerdote. Pero ese cura viejo, de mirada bondadosa, no sabe quién es la Bella. Anota el nombre de Agustina y de Mario, el herrero, que oficia de padrino.

Agustina, la madrina, sostiene a Ramiro frente a la pila bautismal.

Me puedo ver así, sosteniendo a Ramiro, a mi ahijado, en aquella tarde de sol en Puente Valga. Luego salimos al descampado con los otros parientes mientras el sol del verano cae a plomo en la tierra. Llegamos junto a la barraca y Mario, el herrero, me acerca un vaso de vino. El muchacho huele a monte y cacería. Sé que vuelve el deseo otra vez. Me digo que no, que puedo ser su madre, que no está bien eso que siento ahora, por el vino y el calor de la siesta.

La fiesta sigue en la barraca. Me voy con Mario hasta el bosque. El muchacho se arroja sobre mí como un cachorro ávido, inexperto. Abro su camisa y veo el vello húmedo de su pecho, los hombros, el cuello con las venas hinchadas. Me monta como si fuera una yegua. Cierro los ojos, bañada de sudor.

En los días que siguieron, la Bella supo por su amiga Ramona que había fantasmas malos y fantasmas buenos en el mundo y que cada uno tenía sus razones para volver al reino de los vivos. Ella los convocaba o ahuyentaba, según fueran los días favorables o no. Entretanto, amamantaba a Ramiro y la Bella pensaba que tal vez ésa era la felicidad; que no había que buscarla tan lejos, fuera de Puente Valga.

—Me parece increíble que estés aquí. Es como si te soñara —dice Ramona.

—Yo también me siento extraña, pero lo único que sé es que ese maldito zapatero está en el país de los muertos y que ya no hay nada que temer...

—Al contrario: los demonios son más feroces cuando vuelven del más allá. Pueden venir en forma de serpientes o mariposas negras.

Al oír a Ramona, la Bella Otero cree escuchar otra vez a su madre, que no barría el fuego de la cocina porque allí se calentaban las almas de los muertos.

—¿No crees en los fantasmas? —le pregunta su amiga.

—No lo sé.

—Los fantasmas están en todas partes. Fantasmas buenos y fantasmas malos. Quien habla con los muertos sabe más de la vida.

—Mi madre hablaba de las hadas buenas y de las hadas malas del bosque...

—¡Claro que sí!... *Boas fadas, malas fadas*... —afirma, convencida, Ramona, quien asegura que la bruja más mala es la "meiga zugona", que chupa la sangre de los niños.

—¡Madre santa! —se asusta la Bella Otero, que es mujer de ciudad, al fin y al cabo.

La Bella Otero necesitó regresar a su tierra para entender lo que un campesino de los valles sabe desde su nacimiento: que la vida y la muerte vienen juntas, como la cosecha y la siembra, la podredumbre y el florecer de los campos. Lo sabe. Igual que el pescador o el marinero que se interna en el Atlántico o el Cantábrico y navega entre la vida y la muerte en el momento de la tempestad. Todo es lo mismo. Por eso, en la peregrinación al santuario de San Andrés de Teixido, se va como a una fiesta, sabiendo que los difuntos acompañan.

A San Andrés de Teixido
o que non vai de morto
vai de vivo.

Y ella, la Bella Otero, canta también, una más entre los promesantes.

Entonces lo ve: allí está el padre Celestino, pero viejo.

Ve al sacerdote que alborotaba el pudor de las señoritas Vilela.

—¡Padre! —lo llama.

—¿Tú eres...?

—Sí —responde ella, gozando la confusión del sacerdote.

—Con don Torcuato mirábamos tus fotos en los periódicos —contó el cura.

—Era un buen hombre, sí.

—Sufrió mucho cuando te fuiste. Creyó que habías huido conmigo.

—Debí dejarle una carta, alguna señal. Pero temí que me siguiera.

—Don Torcuato se encerró en su casa, se refugió en sus libros.

—Él me enseñó los versos de Rosalía de Castro. Yo era feliz sentada en sus rodillas. Hasta que llegó el circo...

—Decía que era un viejo indecente con el corazón destrozado.

—Fue muy amable conmigo. Siento haberlo hecho sufrir...

—También yo te extrañé...

—Tenías a Dios de su parte. Él no.

—Es verdad. Él sólo tenía los libros que aumentaban su incertidumbre.

—¡Pobre don Torcuato!

—Murió en paz con su alma, según creo. Yo rezo por él.

—Hay días en que recuerdo aquella tarde en el confesionario...

—¡Me avergüenzas, Agustina! No quiero recordar aquello. Fui un pecador.

—Yo lo sigo siendo, Celestino. ¿Pero acaso los pecadores no tienen derecho a la felicidad?

—No lo sé, Agustina. No soy un teólogo, sino un cura de aldea. Lo único que sé es que el arrepentimiento me acercó a Él y que espero su perdón. También espero el tuyo, Agustina; perdóname por lo que te hice...

—Por lo que hicimos —rectificó la Bella Otero recordando a la muchacha que había sido—. No, nada tengo que perdonar, porque de nada me avergüenzo.

Entonces el padre Celestino se hincó y comenzó a orar a un costado del sendero por el que pasaban los promesantes que iban al santuario de San Andrés de Teixido. La Bella Otero se alejó de allí. Se oían las voces de los campesinos que venían de las vegas, los sotos y pinares, las voces de la oración que celebraban el milagro de estar vivos.

Entonces lo vi a don Torcuato rodeado de mariposas blancas; porque así se ven los espíritus de los pecadores que han sido perdonados. Y al verlo a él también me veía a mí de muchacha, a un costado del sendero, por el que llegaba el carromato del circo.

—¡Don Torcuato! —lo llamé.

Pero él no se volvió. Continuó caminando solo rumbo a su casa, porque nadie cambia los designios del tiempo.

"Es hora de regresar a la ciudad", pensé, mientras las mariposas blancas se perdían detrás de los pinos.

XXIII

Un fantasma recorría el mundo; era el fantasma del comunismo. En Rusia había estallado una revolución, y en Alemania encabezaba otra revuelta la señora Rosa Luxemburgo. Entretanto, en Francia, habían fusilado a Mata Hari. Europa —pensó la Bella Otero— se había transformado en un lugar inseguro. Pero ella no conocía otro mejor. Se decía que los bolcheviques iban a apoderarse de todos los bienes de los ricos y que matarían a quienes se les resistieran. No se asustó la Bella Otero: creyó que lo más sensato era disfrutar de esos bienes sin pensar en el mañana. Al fin, tenía una regular fortuna. Terminada la guerra, se la vio a la Bella Otero en los hoteles más lujosos y en los casinos donde comenzó a dilapidar su dinero. Quienes la frecuentaron entonces la recuerdan entrando a los salones enjoyada y displicente, acompañada más de una vez por jóvenes a los que doblaba en edad. Según el cantante Maurice Chevalier en ella "todo se reducía a sexo, sólo sexo". Su amiga Colette, en cambio, entendió mejor ese afán de la Otero por apurar de un sorbo la copa de la vida. "No le pidan mesura al sediento", decía Colette refiriéndose a la Bella Otero de esos años. La mujer, que había dejado de ser joven, no había mitigado su pasión. Más aún: sentía que ella volvía con más fuerza.

"Hemos conquistado la paz para siempre", le escribía su amigo Meyer desde Ginebra. El pacifista estaba convencido de *l'esprit de Genève,* de una conciliación universal entre las naciones. No pensaban lo mismo los conocidos de la Otero, los exiliados de la nobleza rusa, los nuevos pobres de París. Uno de ellos, el conde Alexis, había visto el cuerpo desnudo de la Bella sobre una bandeja de plata, cuando ella tenía veinte años.

—Jamás he visto un cuerpo tan hermoso —se enternecía el conde.

No podía olvidar el hermoso espectáculo que el gran duque Nicolás Nicolaievich de Rusia había ofrecido a sus amigos aquel invierno de 1888, cuando aparecieron doce sirvientes vestidos de librea llevando en hombros la fuente donde estaba la Bella vestida de sí misma.

—Eran otros tiempos —suspiraba el conde. Y agregaba apurando otro vaso de vodka—: los bolcheviques pronto estarán aquí.

Unos meses más tarde, se arrojó a las aguas del Sena.

Quien tenía un amante ruso era la bailarina norteamericana Isadora Duncan, que por aquel entonces estaba en París. El amante de Isadora no se resignaba a vivir fuera de Rusia y bebía considerables cantidades de vodka mientras recitaba sus versos. No era un noble, no era un zarista, pero tampoco un revolucionario, sino un poeta eglógico, amigo de los campesinos. Se llamaba Sergio Esenin y solía repetir los versos de su rival, Vladimiro Maiacovski:

A Dios lo que es de Dios
Al César lo que es del César
Y al que es como yo...
¿dónde se lo mete?

—¡Deja de beber, Sergio! ¡Vete a la cama! —le ordenaba Isadora.

Él se retiraba rezongando como un niño.

—¡Son extraños los hombres... son malditos... son imprescindibles! —se quejaba Isadora, mezclando su inglés y su francés, su ternura y su rabia.

Atardecía en el cuarto del hotel. La Duncan se volvió hacia la Bella.

—Fuiste mujer de Jurgens, ¿verdad?

—Sí.

—Otro maldito... ¿Por qué tuvo que matarse?

—No lo sé, Isadora.

—La mayoría de los suicidas dedican su muerte a una mujer —dictaminó, enojada, Isadora Duncan.

Días después, su amante se pegaba un balazo.

Yo la admiré a Isadora. Bailaba descalza, apenas cubierta por unas gasas que delataban su desnudez. Al verla, intuí que esa mujer bailaba en el espacio y a la vez lo creaba. No sólo era dueña de su cuerpo sino de todo lo que había a su alrededor.

Entraba y salía del escenario con total libertad, con una energía que jamás había visto. Irreverente hasta el delirio, Isadora parecía ajena a los aplausos o a la opinión del público. Bailaba para ella, se celebraba. "Es libre", pensé. Libre como jamás yo lo había sido. Ella giraba sobre sí misma, como un trompo de luz. No había ninguna escenografía en el escenario. Despojada de las molestas referencias de la realidad concreta, Isadora se deslizaba, libre, acompañada por la música. Una cámara negra, a falta de escenografía, enmarcaba el espacio en el que se movía. Su cuerpo entonces, como el de una escultura, surgía ante quien la miraba como una ofrenda dionisíaca del mundo. Yo, al verla bailar, sentí una voluptuosa taquicardia. No tuve tiempo de pensar lo que sentía.

—Su libertad la hace hermosa —opinó Colette.

Aquella noche creí que mi arte o mi oficio habían quedado atrás, que ya era el pasado. Pero mi amiga Colette me aseguró que todavía había muchos hombres que morirían por mí, no sólo por mi afición al sexo, como opinaba el frívolo de Maurice Chevalier, sino por haberles dispensado el placer de mi arte.

—¿Mi arte? No significa nada comparado con el de Isadora...

—Todas las comparaciones son inútiles, querida. Es posible que lo que llamamos arte sea inútil también, una ilusión para soportar el absurdo del mundo.

—¡Me siento tan pequeña, tan mediocre! —dije, mientras mi amiga preparaba el té.

Mi amiga Colette me enseñó a no avergonzarme de mí misma, a no hacer inútiles berrinches frente a los empresarios y amantes exigentes. Ella había aprendido esa lección desde muy joven. A los veinte años se había casado con un aspirante a escritor, fatuo y mediocre, llamado Henri Gauthier-Villars, más conocido como Willy. Fue él quien publicó con su nombre las primeras novelas de Colette.

—Fue mi gigoló literario —se reía mi amiga mientras tomábamos el té y me hablaba de Claudine, su personaje, la libertina adolescente.

—Todas fuimos un poco Claudine —le decía yo y recordaba su libro *Claudine en la escuela,* que había hecho furor en París.

—Debo decirte que *mi* Willy aprovechó bien ese éxito y lo acrecentó. Era muy creativo, en verdad. Me tomó una serie de fotografías vestida como una escolar, como si fuese Claudine

¿sabes? Y después editó una serie de postales de Claudine. Y no sólo eso: hizo fabricar ropa escolar con ese nombre y sacó a la venta el perfume y los cigarrillos Claudine... ¡Un genio en lo suyo!

—¡Igual a *mi* norteamericano! —comenté recordando al querido Robert Miller, quien inventaba *pseudoacontecimientos* a partir del teatro.

—¡Willy llegó más lejos todavía! Se transformó en actor de music-hall. Salía a escena con dos muchachas vestidas de Claudine. ¡Se acostaba con las dos el desgraciado! Me hacía cornuda conmigo misma.

En represalia, en el Moulin Rouge, Colette había besado en la boca a Missy, la marquesa de Belboeuf. Alguien la llamó viciosa. "El vicio es el mal que hacemos sin placer", respondió mi amiga. Y cuando Marcel Proust dijo que sus libros eran los de un joven Narciso con el alma llena de lujuria, ella le respondió: "Señor, usted delira. Mi alma está llena de frijoles y panceta". Amé a Colette, la amé por decir esas cosas.

—Siempre fui una imprudente, Carolina. Lo sigo siendo. Creo que en eso nos parecemos demasiado.

"En eso nos parecemos, sí —pensé—, pero no en todo". Mi amiga era una escritora, una intelectual, que hablaba de igual a igual con Debussy, con Valéry, con Marcel Schowob. Yo, en cambio, perdía mi tiempo y mi dinero en los casinos. El juego (y no el sexo, como creía Chevalier) me servía de antídoto al comprobar que languidecía mi carrera. Vendí algunas propiedades, para pagar las deudas de juego. No lo lamenté. Volví a jugar con más entusiasmo todavía. En la ruleta y en las mesas de bacará dejé miles de francos. Más afortunada fui con el deporte de los reyes, en las tardes luminosas del hipódromo de Longchamps. "Es un deporte noble, Carolina", me había dicho en Buenos Aires mi amigo Benito Villanueva. Creí oír su voz cerca de la pista. Pero era la de otro argentino, uno de esos estancieros que una podía encontrar en el Maxim o, entrada la noche, en el salón de madame Rezke.

—Pierdo mi tiempo, pierdo mi vida —le confesé a Colette.

—Todavía tienes mucho por vivir, querida. Y nadie sabe lo que uno gana o pierde en este mundo.

—No soy nadie, Colette.

—¡No digas eso, no te lo permito! —me interrumpió mi amiga y me besó en la boca.

"Carolina y Colette. Hubiéramos hecho un buen dúo en el escenario", me dijo aquella tarde. Porque ella también había sido actriz de music-hall, de los teatros donde mostraba sus pechos y representaba a los personajes de sus novelas. Así se mostraba, impúdica, lejos de sus amigos intelectuales. Aunque uno, el periodista mejor pagado de París, el inefable Jean Lorrain, homosexual confeso, solía acompañarla en su recorrido por los burdeles y fumaderos de opio. Yo, entretanto, había conocido a otro argentino. Lo recuerdo como si fuera hoy. Era uno de esos habitués del casino, uno de esos hombres de la noche que parecen no haber visto nunca la luz del día. Estaba junto a una de las mesas de juego, vestido con su smoking, pálido y engominado, con una sonrisa semejante a la de Gardel. No tardé en saber que era aficionado a las mujeres y al tango. Lo reconocí por la manera de mirar, algo insolente, por la forma en que golpeteaba el cigarrillo en la cigarrera de plata con monograma de oro. Había llegado a Europa como cantor de una orquesta típica, cuyos músicos tocaban vestidos de gauchos. "Eso no era para mí", comentó en voz baja, con ese tono confidencial de los tangueros de París. Así comenzó mi relación con Juan Alberto Medina, alias El Cantor, jugador profesional de la Costa Azul.

—No soy un fullero, señora, sino un hombre con *carpeta*, alguien que sabe jugar —aclaró, por las dudas.

Me cayó simpático.

Nos fuimos a vivir juntos, a un chalé, cerca del casino.

No era un rufián, un vividor, como dijeron. El Cantor sabía cómo tratar a una mujer. Jamás hablaba de su trabajo. Porque jugar, para él, era un trabajo. Me acuerdo de que me decía: "Mirá, Carolina; vos jugás a lo loco y así vas a perder hasta la cabeza". Nunca jugó con mi plata, jamás arriesgó mi dinero. Digo esto porque algunas envidiosas, que me codiciaban al Cantor, afirmaron que yo le pagué sus vicios. No es cierto; sólo le regalé el automóvil y el anillo de piedra negra que a él tanto le gustaba. Una noche, mientras dormíamos en el chalé abrazados como dos angelitos, cayó la Sureté, la policía, que lo andaba buscando.

Él se levantó de la cama, se puso un pantalón y agarró el revólver.

—Me voy, nena. Pudimos haber sido felices ¿no? Igual la pasamos bien. ¡Que Dios te ayude, Carolina!

Oí que cerraba la puerta y después el ruido del automóvil.

Días después, supe que se había embarcado en Marsella, con nombre falso, rumbo a Buenos Aires. Eso fue lo último que supe de él.

La Bella Otero se quedó en el chalé en el que faltaba el hombre. Se fueron espaciando sus visitas al casino, en tanto mermaba su fortuna. Primero vendió los títulos, después los automóviles y más tarde las joyas.

Al atardecer, ponía algunos tangos en la victrola.

La vieja camina por la playa; las muchachas que juegan en la costa la ven pasar con el pelo blanco al viento, en el que prende flores silvestres y caracoles, como si fuera la sacerdotisa del mar. La mujer sigue caminando hasta el muelle de los pescadores. Allí todos conocen a la anciana. La convidan con un vaso de vino y ella les cuenta sus historias. Los pescadores la escuchan como quien oye un cuento. Ella habla de un mundo que no existe, de gente que desapareció hace mucho. Pero las palabras, como el sonido del mar, acompañan las buenas historias y se transforman en la historia misma.

Que nadie diga que la vieja miente.

XXIV

Cuando la Bella Otero se ausentó de los casinos de la Costa Azul, todavía se decía de ella que era la mujer más hermosa de Europa. Pero poco a poco la gente se acostumbró a su ausencia. De a poco, también, decreció su fama y comenzó el olvido. Al principio, esa situación la incomodó. A los famosos les cuesta volver a ser anónimos. Era como sobrevivirse a sí misma, como transformarse en su propio recuerdo. De todos modos, no buscó el reconocimiento de una nota o de una foto en el periódico. Se ahorró la humillación de pedir esos favores como una mendiga. "Uno puede existir sin que lo nombren" continuaba diciéndole su amigo Manuel Ugarte, condenado durante años al destierro. Solía sentarse con su amigo en el porch del chalé, donde conversaban y miraban el mar.

Cuando llegaba la noche, la Bella sabía que regresarían sus fantasmas.

Una noche de 1926 vio, con toda claridad, el fantasma de Gaudí. "Los designios de Dios son misteriosos y también la manera que Él tiene para llamarnos a su Reino", oyó que le decía su ex amante. El pobre Gaudí, siempre tan distraído, había muerto atropellado por un tranvía. Los ángeles trompeteros de su catedral no pudieron avisarle del peligro. La Bella Otero supo que su amigo se iba al Cielo, acostado en su cama y con los zapatos puestos. Al menos ella lo vio así, desde su casa, junto al mar.

"Ya no se peleará por mí con el conde Güell", pensó la Bella.

Una sufre y hace sufrir a los otros por ese malentendido que llamamos amor, aunque quizás yo nunca supe qué era eso. Confieso que envidié a quienes parecían amarse de verdad. Aún hoy, cuando miro a una pareja de ancianos caminando por la Costa Azul, cuando los veo apoyarse el uno en el otro, intuyo que pude envejecer con el querido Eusebi. Envidio a la que pude ser. Pienso en eso mientras miro los dibujos de Gaudí.

—¡No, no puedo venderlos, señor! —le informo al norteamericano interesado en su obra.

El hombre confunde el sentido de la negativa y aumenta el precio de su oferta.

"Necio como Jurgens", me digo.

—No están en venta, señor... —trato de explicar.

—Lo siento por usted. Acaba de perder un buen negocio —se enoja el hombre que abandona la casa.

Fue por aquel entonces que la Bella Otero le confió sus recuerdos a Claude Valmont, interesado en escribir acerca de la vida íntima de una mujer que comenzaba a ser leyenda. Él quiso saber la verdad, algo difícil tratándose de la Otero. Ella insistió en su origen noble, recreó la historia que había repetido años antes frente a los periodistas de distintos países del mundo. Hizo, sí, algunas modificaciones y agregados a su genealogía apócrifa. En la versión de Valmont, la Otero es hija de un aristócrata griego, que llega a España en una misión militar y se enamora de una gitana. Esta versión coincide con otras, pero agrega una muy detallada descripción del rapto de la gitana y un final feliz: el casamiento de la plebeya con el aristócrata, una fiesta pantagruélica en el palacio del griego y una noche en Atenas, que finaliza en una enorme orgía. Estos detalles deben atribuirse a la Otero más que a su biógrafo, una personalidad cartesiana hasta su encuentro con la Bella. Pero se sabe que la locura es contagiosa y que la exageración es el lugar común de los artistas. La mesura y el rigor de Valmont cedieron, por fin, ante la Bella Otero. Admitió que su biografía se podía leer como una novela y que, con suerte, podía transformarse en una película. La Bella Otero coincidía con la opinión de su biógrafo. En esa época, alejada de los escenarios, pasaba largas horas en la oscuridad del cine. No se hubiera sorprendido si una actriz hubiese aparecido en la pantalla interpretando a su madre, no la real, por cierto, sino la que ella había inventado y que nadie iba a desmentir.

Yo no le podía decir a Claude que había soñado con mi madre. Ella estaba en la cocina y no barría el fuego porque allí se calentaban las almas de los muertos.

—Tu padre va a volver, Agustina.

—No me llames así. Tengo otro nombre.

—No importa cómo te llames ahora. Siempre serás mi hija.

—No te recuerdo, madre, no puedo dibujar tu cara.

—Eso tampoco importa —dijo ella, mientras trazaba una cruz de ceniza en el suelo.

No; yo no le podía contar esos sueños a Claude. Temía que dijera de mí que era una ignorante.

—Es un secreto entre las dos —dijo mi madre, que me hablaba en gallego—. Él no entiende, no te preocupes...

—Pude haber sido otra.

—Todos pudimos ser otros, hija. A veces sueño que soy una gitana.

—¿Mi padre era un oficial?

—No. Era un ladrón que huía de la Guardia Civil.

—¿Lo querías, madre?

—Tenía un caballo negro. Es todo lo que recuerdo de él.

Siempre tuve dificultades con la gente con sentido común, con los que juran que dos más dos son cuatro. No sólo los contadores, que me amargaron la vida durante años, sino también esos periodistas que para escribir necesitan pruebas como si fuesen fiscales. Odio a esa gente; odio a los que no saben mentir por piedad o para hacer más bella esta vida. Yo no sólo había inventado la historia de mi nacimiento, sino otra, que había fascinado a los lectores del *Evening Sun* de Nueva York. Yo aseguraba que había estado casada con un conde italiano desde los doce años. En realidad, la figura del conde estaba calcada de un viejo conocido: don Torcuato. Yo soñaba con él y lo veía deambular entre sus libros. Me llamaba y yo corría a sentarme en sus rodillas. En mis memorias, don Torcuato bien podía llamarse conde de Montefiore. Un día lo llamaba así y al otro día de otro modo, con lo que confundía cada vez más a Valmont. Fueron, para mí, sesiones muy penosas. Pero la editorial me había adelantado una buena suma para que yo le contara mi vida a Valmont. Como se ve, fueron razones prosaicas las que me impulsaron a realizar ese trabajo.

—Si Valmont no sabe mentir... ¿cómo se anima a escribir tu historia? —me preguntaba Colette, cuando venía a visitarme.

—No lo sé. Debe necesitar el dinero, igual que yo.

Sentadas en el porch, veíamos pasar a los turistas. Yo

evocaba al fantasma de don Torcuato y le hablaba del afán pedagógico de mi protector.

—Él me enseñó a leer a Rosalía de Castro...

—¡Te enseñó otras cosas también! —me provocaba mi amiga.

Yo recordaba las maniobras obscenas del viejo mientras me tenía sentada en sus rodillas.

—¿Ya se lo contaste a Valmont? —me preguntó Colette.

—No, no me animo...

Por momentos, aquellas descripciones rozaban la impudicia. El buen estilo del señor Valmont, cierto acendrado sentido del decoro, impidieron que llegaran a la imprenta.

Cuando Valmont terminó su trabajo me sentí aliviada, en paz conmigo misma; ya no me importaba lo que él había escrito o lo que yo había inventado. Cobré el dinero que me faltaba y, finalmente, terminé vendiendo unos dibujos de Gaudí al norteamericano, quien había triplicado su oferta. Yo quería ayudar a mi amiga Ramona, cuyo marido había muerto ahogado en el mar. Al fin, Ramiro, su hijo, era mi ahijado. Y eso, en mi pueblo, significaba un honor. Así que sin dudar partí hacia Puerto Valga. Llegué al anochecer, bajo una luna grande. Pasamos casi toda la noche charlando con Ramona en la cocina. Le di el dinero, la herencia para mi ahijado. Ella lo guardó en un cofre. No cubrió con ceniza las brasas de la cocina, para sentir la presencia de los difuntos buenos. Me quedé en su casa varios días.

Me despertaba con el olor del pueblo de Valga, de las caballerizas y del monte. Me veía corriendo por los campos con mi amiga Ramona, siguiendo a los promesantes de San Andrés de Teixido, como cuando teníamos diez o doce años. Me volvían los calores otra vez, porque me gustaba ver a los mozos en la era, con las camisas sudadas, las caras curtidas por el sol. ¿Por qué no tuve un hombre como el de Ramona? ¿Por qué me escapé como una vagabunda? Hubiera vivido en paz. Ahora podría esperar la muerte sin sobresaltos. Dios no lo quiso. Desde la casa de Ramona se oían las voces del mar y se veían las luces de las barcas de los pescadores. Yo podía creer que nunca me había ido de mi tierra.

Desde entonces, la Bella Otero regresó a su pueblo varias veces, para visitar a su amiga Ramona y a Ramiro, su ahijado. Ella lo vio crecer. Se sentía orgullosa como una buena madre cuando el muchacho tocaba el acordeón. "Será artista, como yo", decía la Bella Otero.

A Ramiro le hacía gracia esa ocurrencia, porque él era hombre de mar como su padre. A los dieciséis años andaba en las barcas y a los dieciocho como dirigente de una huelga del puerto.

"Ni que fuera el hijo de Barrett", pensaba la Bella Otero.

—Me tiene con el corazón en la boca —le confesó su amiga—. Quiere más a la política que a su madre.

Entonces supe que el amor puede ser una forma del egoísmo. Y, de pronto, entendí la parábola de mi amigo Barrett. Él contaba lo siguiente: se oía un grito desgarrador en mitad de la noche. Una madre corría hasta la cama de su hijo y al verlo dormido, lo tapaba y se quedaba tranquila. Ya nada le importaba lo que ocurriese afuera. Su hijo estaba a salvo.

Yo podía pensar mi muerte y la de mis amantes, pero no la de mi ahijado. No lo había concebido y, sin embargo, sentía esa visceral convicción. No podía soportar la idea de perderlo.

Yo caminaba por la orilla del mar, cuando las vi: ellas venían cantando a la luz de la luna; venían con sus delantales grises, bajo una nube de mariposas blancas. Eran las pecadoras del convento, mis compañeras de infortunio. Seguían siendo jóvenes en una ilusoria eternidad. Indemnes al tiempo, cantaban con unción sus alabanzas a la Virgen. Atrás, vigilándolas, iban tres monjas y dos guardias civiles en sus caballos negros. Aunque yo ya era una vieja, me asaltó el temor de que me fueran a buscar, que me apresaran e hicieran arrodillar en la alfombra de sal del convento. Pero la procesión de las pecadoras pasó indiferente al mundo de los vivos. Supe que las muchachas descarriadas habían obtenido el perdón por los viejos pecados de la adolescencia. Lo supe al ver las mariposas blancas. Las muchachas, frente al mar, comenzaron a desnudarse. Cantaban las canciones obscenas que con el tiempo se tornan inocentes. Entonces las seguí. Oí la voz de un hombre que decía:

—¡Miren a esa vieja loca que se baña desnuda en el mar!

XXV

Hasta finales de los años 20 y desde la perspectiva de la Costa Azul, el mundo pudo parecer un paraíso. Era una ilusión como cualquier otra, porque el infierno de la guerra siempre estuvo latente. Yo ya no era la reina de los grandes casinos, pero aún mantenía cierta decorosa elegancia. En esa época leí en el periódico que Alfonso XIII, el rey de España, había sido destituido. Sentí pena por él en esa mañana de 1931. Busqué, entre mis papeles, una vieja foto de 1902. Retrocedí en el tiempo y lo vi a Alfonso, cuando era un joven rey de dieciséis años. Yo tenía entonces treinta y cuatro y vivía el esplendor de mi carrera. Una noche, en el teatro, alguien me dijo que había llegado un ilustre visitante para conocerme. "Un gran personaje", me dijeron. No se atrevían a pronunciar su nombre. A mí me causaron gracia tantos aspavientos, tantas recomendaciones, tantos murmullos de complicidad. Acostumbrada a tratar con príncipes y reyes, no me asombró demasiado ver a ese muchachito que respondía al nombre de Alfonso XIII y que ostentaba la corona de España. El hijo póstumo de Alfonso XII y de María Cristina de Austria tenía aún la torpeza y el encanto de los amantes inexpertos. Lo recuerdo gentil, amable, algo impaciente en nuestras citas furtivas. Por eso disfrutamos el corto tiempo en que nos alejamos de la península y llegamos de incógnito a Marruecos, donde Alfonso, finalmente, estableció su dominio.

Una noche, en Marruecos, mi joven amante desapareció. Anduvo con sus amigos marroquíes por casas de putas y fumaderos de opio. Lo esperé llorando, como deben llorar las buenas esposas a sus maridos extraviados. Sin perder la dignidad, Alfonso se disculpó. Días más tarde, ya en Madrid, recibí una hermosa joya como broche de oro de sus disculpas y prueba de su agradecimiento.

La Bella Otero no se engañaba: sabía que aquellos viejos tiempos no iban a volver. El rey Alfonso XIII ya no era el joven de la foto, ni tampoco Marruecos era el mismo que recorrieron juntos. Ella leyó en el periódico que en el protectorado de Marruecos, Abd El-Krim había vencido a las tropas españolas. En Cataluña los huelguistas gritaban "¡Viva Lenin!" y en 1923 millares de obreros y campesinos lloraron la muerte de Francisco Ferrer. Su amigo Sergio Montiel, desde Buenos Aires, le escribió una carta en la que decía: "La muerte de Ferrer nos ha consternado. Su ejecución es el comienzo del fin de la monarquía". Aquel año de 1923, Alfonso XIII le otorgó poderes dictatoriales al general Miguel Primo de Rivera. "Es un cabrón, madrina; se lo dije", se lo recordó su ahijado Ramiro, años después, en tiempos de la República.

Porque Ramiro era un rojo, como se decía entonces, y cruzaba la frontera para buscar adictos para su causa. Me venía a visitar y discutíamos como pueden discutir las madres y los hijos que nunca terminan de entenderse.

—¡Ese Alfonso es un cabrón, madrina! —continuaba diciendo Ramiro, cuando yo insinuaba su defensa.

—¡Cuida tus palabras, hijo!... Él fue tu rey, al fin y al cabo —le recordaba yo.

—¡Yo no le rindo pleitesía a ningún rey! —se impacientaba Ramiro—. Y espero que tú tampoco.

Yo no podía odiar lo mismo que él odiaba, aunque "esa gente" —como llamaba Ramiro a los monárquicos— me había despreciado cuando yo fui la Bella Otero. No, ya no lo era. De eso estaba segura. Me quedaban el recuerdo, los fantasmas que distraen el olvido. Una tarde, mientras caminaba cerca de un hotel de la Costa Azul, a metros del casino, vi a quien había sido Alfonso XIII, junto a una improvisada corte de mujeres y ex funcionarios que acompañaban su destierro. Fue un instante no más, un momento en que sentí la mirada de unos ojos cansados, lánguidos, enfermos, en los que reapareció el antiguo fulgor del rey adolescente.

Pero no le podía contar eso a Ramiro. Ni loca.

No le podía explicar que yo había sido parte de ese mundo que él condenaba, que había compartido el ocio, el lujo, los caprichos de esos nobles que él despreciaba por inútiles.

Yo no quería saber nada de la política, de esa mala fiebre que lleva a los hombres a la guerra. "No quiero saber nada, hijo, no quiero que te mueras", le decía cuando Ramiro marchaba a París para participar en una manifestación del Frente Popular.

—¡Cuídate!

Y lo veía partir con su boina y con el acordeón donde tocaba los compases de *La Internacional.*

Una mañana, en que la Bella Otero caminaba por la Costa Azul, vio a una familia alemana vestida de blanco. Creyó reconocer a los más viejos, parientes de su amante Guillermo II, a quien ella llamaba Willy. Fue el más discreto de sus admiradores. Willy concertaba sus citas con mucha anterioridad y mucha prudencia. Se sabía odiado y agradecía a la Bella esos momentos placenteros que, poco a poco, se fueron espaciando hasta desaparecer. Nadie hubiera reconocido en ese hombre al monarca temido y autoritario, al señor del ejército, al estratega y al político capaz de modificar el mapa de Europa. En sus momentos de paz, mientras acariciaba los cabellos de la Bella, él canturreaba, en alemán, una canción de cuna. Pero ahora sólo se oía a Maurice Chevalier cantando la canción de Valentina y sus lindas tetitas; ahora la familia alemana vestida de blanco posaba para un fotógrafo; ahora, desde la Costa Azul, el mundo podía parecer un paraíso.

Ramiro no lo cree; Ramiro opina que vienen malos tiempos.

Dice que quien manda en Alemania es un ex pintor aficionado, un tal Hitler, quien reclutó sus matones en las cervecerías de Munich. No puedo creerlo. Yo conocí a los orgullosos aristócratas prusianos; recuerdo sus uniformes, sus medallas, sus monóculos, sus botas relucientes, las condecoraciones, las espadas, los botones y las charreteras, los bigotes enhiestos, las figuras recortadas de los húsares y las mujeres en los espejos cuando sonaba el vals.

Era otro mundo, lo sé.

—Hay que acabar con ellos —les dice Ramiro a sus camaradas.

Temo por él. Me entristece verlo tan enfermo de política. Pero al anochecer, sale con su acordeón hacia los bailes. "Tal vez encuentre una muchacha", me digo, mirando las barcas que ilumina la luna.

Ich bin die fesche Lola, cantaba desde la pantalla esa mujer de voz grave, a horcajadas en una silla del mísero cabaret alemán, mientras mostraba sus piernas de diosa. "Es una diosa, sí", reconoció quien había sido la Bella Otero, sentada en la última fila de un cine. Era como verse a ella misma en los comienzos, en los teatritos de Madrid y Barcelona, cantando y exhibiendo su cuerpo frente a la codicia de los hombres. *Ich bin die fesche Lola,* "Soy la frívola Lola", cantaba Marlene Dietrich esa noche. La Otero sintió el olvidado ardor de los comienzos, imaginó que era ella la Lola-Lola de la película, quien enloquecía de deseo al profesor Rath. Esa historia podía ser la suya, una historia de amor y de celos que terminaba mal, en un desgraciado malentendido. *Ich bin die fesche Carolina,* canturreó por lo bajo y vio otra vez a Jurgens desangrándose en la bañera. Lola-Lola-Marlene despertaba el deseo sin moverse, sentada a horcajadas en una silla, mostrando sus piernas. "Pude ser yo", pensó la Otero en la última fila del cine. No tardó en reconocer que deseaba a Lola-Lola, que se la hubiera arrebatado a su Willy y a Jurgens y al profesor Rath. "Hubiera hecho lo imposible por seducirla", se dijo. Lamentó que el tiempo fuera tan cruel, que el deseo no la dejara en paz a pesar de los años. Pero disimuló su agitación y siguió mirando las secuencias de *El ángel azul* como una señora mayor a quien no se le niega un poco de entretenimiento.

A mi amiga Colette yo le podía confiar esos pensamientos. Le conté, claro está, lo que había sentido al ver a Marlene-Lola-Lola. No se asombró; me dijo que ella había sentido algo semejante y que después de ver la película tuvo ganas de hacer el amor.

—Pero no tenía con quién —se rió Colette—. Y mi narcisismo estaba en baja; así que me puse a escribir... que es casi lo mismo, querida, otra forma del deseo, que siempre es ambiguo y siempre misterioso.

—Me gustaría envejecer con dignidad, sin esos sobresaltos...

—¿En serio, Carolina? ¿Eso quieres? Sería una pena que te transformases en una vieja puritana, en una beata insoportable. No quiero estar aquí el día que eso ocurra.

—No lo verás...

—Vamos a bailar, Carolina.

—¿Ahora?

—Ahora, sí.

Puso en la victrola el *Bolero* de su amigo Ravel. Comenzó a dar vueltas como un trompo lánguido y sensual. Se sacó la blusa y yo la imité. Todavía mis pechos "eran de forma curiosa, recordando a limones alargados, firmes y con pezones dirigidos hacia arriba", como escribió Colette en su libro *Mi aprendizaje*. Bailábamos las dos, una cerca de la otra, oyendo nuestra respiración, girando en nuestro propio vértigo, en el deseo que no cesa.

XXVI

"Boas fadas, hadas buenas: cuiden a Ramiro", rogó la Bella Otero, cuando su ahijado regresó a España, un día después del levantamiento de Francisco Franco en Marruecos. Lo vio partir, decidido a pelear por la República, y maldijo otra vez a los demonios de la guerra. Se sentía extraña, inútil, fuera de su país, del que se había desterrado siendo joven. Miraba en el periódico las fotos de la guerra, que siempre son increíbles, como la muerte, que siempre es de los otros. Hasta los nombres de los lugares que ella conocía sonaban forasteros: Burgos, Toledo, Madrid, Almería, Málaga, Bilbao, Santander, Gijón, Guernica. Ya no eran suyos, como las canciones que ahora se cantaban en el frente. No era el mismo mar el de Ramiro que el de su infancia. Durante meses reiteró el mismo sueño: veía a Ramiro que salía del bosque con su acordeón, indemne a las balas. *"Boas fadas,* hadas buenas: no lo dejen morir", oía su propia voz la Bella Otero. Se despertaba bañada en sudor. Otras veces soñaba con su amiga Ramona cuando eran muchachas y la sangre alborotaba el cuerpo, cuando cantaban por el gusto de cantar; "canta, Agustina, canta", le decían y ella sentía crecer sus pechos como limones encendidos.

Esa tarde le escribió a su amiga.

"Yo no soy como ella —se dijo—. No soy como esas madres que lloran a los hijos que se van a la guerra".

"Soy lo que soy. No puedo ser otra", reconoció la Bella Otero.

No hay quien pueda,
no hay quien pueda,
con la gente marinera,
marinera, luchadora,
que defiende su bandera.

Creyó oír la voz de Ramiro que venía de lejos. Acercó su oído al caracol que el mar había dejado en la playa. Desde ahí se escuchaba el ruido del mundo.

Hay que saber oír, eso es todo. Si una apoya su oreja en el caracol, no sólo oye el ruido del mar sino las voces que vienen de la guerra. Voces de hombres y mujeres que cantan. Es verdad: hay quienes oyen las noticias en la radio. Yo también. Pero si quiero oír el sonido del mundo, apoyo mi oreja en el caracol. Y oigo:

Si te quieres venir
con nosotros al mar
tendrás que combatir
tendrás que pelear.

Es la voz de Ramiro. Puedo reconocerla.

Todas las noches llego hasta la orilla para oírlo. Hay quienes piensan que estoy loca y que hablo sola en la oscuridad. Se equivocan. No sólo oigo sino que estoy viendo lo que pasa allí, en la guerra, donde está mi Ramiro. Hoy, sin ir más lejos, vi y oí todo lo que ocurría a orillas del Ebro.

El ejército del Ebro
rumba la rumba la
una noche el río pasó
¡Ay, Carmela! ¡Ay Carmela!
Pero nada pueden las bombas
rumba la rumba la rumba la
donde sobra corazón
¡Ay, Carmela! ¡Ay Carmela!

El capitán desenfundó la pistola y ordenó el ataque y atrás fueron ellos, entre el fuego del enemigo y la incertidumbre. Ramiro disparó una y otra vez, sintió el miedo y lo perdió mientras volvía a tirar. Echado cuerpo a tierra, oyó el tableteo de la ametralladora del enemigo.

Contraataques muy rabiosos
rumba la rumba la
deberemos resistir
¡Ay, Carmela! ¡Ay, Carmela!

"*Boas fadas,* hadas buenas: cuiden a Ramiro", volví a pedir.

Creí que mis ruegos habían llegado a destino, que las hadas buenas de los bosques de Galicia iban a proteger a mi ahijado de los avatares de la guerra. Por un tiempo fue así. Tengo una foto de Ramiro, vestido de miliciano, que me envió su madre, poco antes de que muriera.

Ramiro me escribió desde Madrid. Copió para mí la letra de una canción que se cantaba entonces:

Puente de los franceses, puente de los franceses
puente de los franceses, mamita mía,
nadie te pasa, nadie te pasa.

Porque los madrileños, porque los madrileños,
porque los madrileños, mamita mía,
¡qué bien te guardan, qué bien te guardan!

Madrid qué bien resistes, Madrid qué bien resistes
Madrid qué bien resistes, mamita mía,
los bombardeos, los bombardeos.

De las bombas se ríen, de las bombas se ríen,
de las bombas se ríen, mamita mía,
los madrileños, los madrileños.

Una semana después, recibí la noticia de la muerte de Ramiro, caído durante la defensa de Madrid. Esa noche creí ver el resplandor de sus ojos en la ola más alta, que se encrespó en una miríada de espuma.

Después de la muerte de Ramiro perdí o creí perder toda esperanza. Sospeché que esa muerte, la de mi ahijado, la del hijo que no tuve, era también la de la última etapa de mi vida, la que marcaba el inevitable fin de mi existencia y el final de una ilusión, no sólo mía, sino de tanta gente que se creía segura en este mundo. Un día, por casualidad, me tropecé con Maurice Meyer, que iba hablando solo por una calle de París. Yo había ido a visitar a mi amiga Colette. Me sorprendió ver a Maurice tan alterado.

—Es el comienzo del drama, Carolina. La guerra llegará hasta aquí, no lo dudes. España fue el ensayo general.

Como siempre, me sorprendió escuchar el lenguaje del teatro mezclado con el de la política y la guerra: el *escenario* de una discusión o una batalla, el *teatro* de operaciones, las intrigas entre *bambalinas,* los *entretelones*, el hacer *mutis por el foro*. Me causaba gracia esa mutación de las palabras, que en boca de Maurice siempre sonaban agoreras.

—Espero que te equivoques, Maurice.

—Yo también —me respondió antes de seguir su camino.

—¡Los periodistas son una lata, Carolina! —se rió Colette—. Conozco bien el gremio.

No mentía: en otro tiempo se había convertido en la esposa del barón Henry de Jouvenel, el director del diario *Le Matin*. Durante algunos años, Colette ejerció la crítica teatral y fue respetada y temida, "lo que siempre es un placer y una molestia", como le decía a la Bella Otero. Le contaba, también, que aquel oficio le duró poco, porque a los cuarenta y siete años tuvo la mala ocurrencia de enamorarse del hijo adoptivo del barón, de enredarse con él, con un muchacho menor de veinte años.

—El amor siempre está en otra parte —murmuró la Otero.

—Por suerte el sexo sigue en el mismo lugar —se burló Colette, que había contado su historia con el hijo del barón en su libro *Chéri*.

Meyer no se equivocaba. El 14 de junio de 1940 las tropas alemanas entraron en París y desfilaron frente al Arco de Triunfo. La Bella Otero estaba en la casa de Colette y miró desde la ventana a la tropa que marchaba haciendo sonar sus botas en el empedrado. Las dos amigas lloraban en silencio. Desde un departamento vecino se oyó la voz complaciente de un locutor que comentaba los triunfos del Tercer Reich en Dinamarca, Bélgica, Holanda, Luxemburgo. La inexpugnable línea Maginot había caído en pedazos, como las ilusiones de los franceses, incapaces de contener la *blitzkrieg* alemana. Cesó la voz del locutor y Maurice Chevalier continuó cantando como si nada pasara. En la radio, alguien leyó el boletín del gobierno colaboracionista instalado en Vichy, seguido de un gran elogio a Pétain, *Monsieur le general*. "Todo seguirá como siempre", profetizó Colette.

Me refugié en Niza, en la casa frente al mar. Hasta allí llegaron un día los alemanes con sus linternas y sus gritos. Les recordé, en su idioma, que yo era una artista, una vieja artista que había frecuentado a Guillermo II. Ellos me observaron como se mira a un viejo objeto, sin saber si se trataba de una reliquia o de un desperdicio del pasado. "Artista de varieté", dictaminó el joven oficial y me guiñó un ojo, dando a entender que no lo inquietaba aquel oficio, que podía estar tranquila la anciana señora. Así dijo. Por lo visto yo nada tenía que ver con los cabarés de los comunistas alemanes; era una artista retirada, sin antecedentes. "Mi abuelo me habló de usted —me comentó por lo bajo el joven oficial—. Fue agregado militar en París". Lo dijo en francés, antes de irse, de juntar sus talones y hacer la venia en señal de saludo. Cuando se fueron los soldados, ordené de nuevo mis papeles, las fotografías, los programas que anunciaban las actuaciones de la Bella Otero. Ya no era la misma. Podía estar en paz en medio de la guerra.

Hay otra versión, algo más inquietante, acerca de las actividades de la Bella Otero en ese tiempo. Es posible que algunos de sus panegiristas hayan echado a correr esa versión al final de la guerra, cuando otros artistas fueron acusados de colaboracionistas. Discreta, la Otero no desmintió esa versión. Según la misma, la inofensiva señora que se paseaba por la playa con su pelo blanco adornado de flores silvestres y caracoles no era una chiflada, como creyeron los soldados de la ocupación, sino una informante de los *maquis*. Alguna vez se la vio conversar con los oficiales alemanes en la terraza de un hotel y hasta entonar la canción de Lola-Lola, como lo hacía Marlene Dietrich. Se dice que la Otero retomó la costumbre de llevar y de traer mensajes, como en la buena época. Ella no desmintió esta versión pero tampoco usurpó el papel de una heroína de la Resistencia. Algunos la identifican con un nombre de guerra: La Abuela del Mar, una invención del poeta Vercors. Poco se sabe de esa historia. Quizá se la contó años después a su amigo Manuel Ugarte, pero no se encontró ningún escrito que la certifique.

No tengo nada que contar: sólo que viví en la miseria y que la miseria nos hace miserables. Confiscaron mi casa, la perdí, y encontré refugio en una casilla abandonada de la costa. Mendigué un pedazo de pan o un jabón en el mercado negro. Supe que a Maurice Meyer lo fue a buscar la Gestapo y que para no entregarse se pegó un balazo en la sien. No, yo nada tengo que contar. Ahora soy nadie.

—¡No digas eso, no digas que sos nadie! —se enojaba el argentino Manuel y repetía la sentencia de un gaucho: "Hasta el pelo más delgado deja su sombra en la tierra", decía, y yo le rogaba que no mencionase esa palabra, por favor, esa humillación de la vejez: los mechones de pelo que quedaban en mi peine de nácar, mi último lujo. "¡Coqueta!", se reía Manuel y acariciaba mis cabellos cada vez más finos, más débiles. Ternuras de viejo. Traía dos vasos de vino para brindar "por un solo cabello, Carolina, aquel del que habla el conde de Lautréamont en su poema". Y me leía, en francés, el *Maldoror*, el poema del falso conde, nacido en Montevideo. "Un aristócrata como vos, Carolina", bromeaba Manuel. Desde su llegada a Niza, nos veíamos todas las tardes, pensando cada vez que ya era la última. Tenía la delicadeza de no hablar de dinero. Decía que entre los argentinos ricos de su época (esos que yo había conocido) hablar de dinero se consideraba de mal gusto. Pero éramos pobres, los dos. Y yo más que él, seguramente. Dijo que estaba dispuesto a socializar la pobreza a trueque de mis memorias, las que él iba a escribir. Fue un ardid, una manera delicada de ayudarme. Terminada la guerra, se sumaban las privaciones. Manuel había sido hombre de fortuna y embajador y también un exiliado político, un paria y un nadie en su propia tierra. Pero no estaba solo: una muchacha, una mujer muy joven, solía hacerle compañía. Algunos dicen que ella fue el motivo de su muerte. Lo encontraron tirado en el piso, junto a la cocina de gas, con las hornallas abiertas, sin encender.

La muerte de Manuel Ugarte, en 1951, fue un duro golpe para la Bella Otero. Y la de su amiga Colette, tres años más tarde. Se la vio vagar, como trastornada, por las calles de Niza. Sin dinero, sin casa, sin amigos, tal vez ya no encontraba una razón para vivir. "Pero la sinrazón de la vida misma ya es una razón para quedarse", recordó que decía su amigo Manuel. Por eso no tuvo en menos buscar la comida que sobraba de los hoteles (que, al fin al cabo, traía sus manjares) y de sobrevivir con algunas propinas de la gente del casino, a las que hacía algunos mandados. En 1955, cuando Carolina tenía ochenta y siete años, alguien le aconsejó acudir a la Seguridad Social Francesa para pedir una pensión. "Artista, artista de varieté. Actriz. Bailarina", escribió la Otero en el formulario.

—Necesitamos su certificado de nacimiento, señora —informó el oficinista de Seguridad Social.

Supe que esto iba a ocurrir, tarde o temprano. Me sentí descubierta y en falta. Ya no podía mentir como en mis buenos tiempos, inventar que era la hija de un aristócrata y una gitana, la mujer de un conde italiano. Debía decir la verdad, lo que la gente cree que es la verdad. Obediente, le escribí al alcalde de mi pueblo, explicándole mi situación. Traté de hacerlo como una persona normal, como se espera que lo sea alguien que se acerca a los noventa años.

Niza, 3 de agosto de 1955

Señor Alcalde de Puente Valga
Pontevedra, Galicia
Respetable señor:

Me tomo el atrevimiento de escribirle, de distraer por un momento su atención, para informar a usted acerca de un trámite, en apariencia muy simple: obtener mi certificado de nacimiento. Es lo que me exige la Seguridad Social Francesa para otorgarme una modesta pensión.

Ser vieja, enferma y pobre ya es de por sí una calamidad; pero lo es mucho más si uno duda de su propio nacimiento, de quiénes fueron sus padres y de su propio nombre. Tengo entendido que nací en Puente Valga el 19 de diciembre de 1868 y que mi completo y verdadero nombre es el de Agustina del Carmen Carolina Otero e Iglesias.

Creo que es así, aunque dudo de lo que es cierto y no lo es. En el pueblo me llamaban Agustina y en el convento de las monjas Oblatas le agregaron el Iglesias, que es el apellido de mi madre. Menos noticias tengo de mi padre, quien, según dicen, fue un bandido que montaba en un caballo negro.

Lo demás, lo inventé. Durante años fui la Bella Otero. Así me conoció el mundo, del que ahora me estoy despidiendo, como de usted, señor alcalde, agradeciéndole desde ya lo que pueda hacer por mí.

Lo saluda:

Carolina Otero

Es posible que nadie sepa por qué se está en el mundo, y que trate de averiguar quién es a lo largo de un siglo. Es lo que pensó la Bella Otero en ese largo atardecer en la playa de Niza, aquel 10 de abril de 1965. Ella miraba el mar, esperando que llegaran sus fantasmas. Creyó oír, a lo lejos, la música de un vals y se imaginó bailando con los príncipes y reyes de su juventud. Después entrecerró los ojos mientras oía los aplausos y gritos de sus admiradores en el teatro, pidiéndole que regresara. "Estoy cansada", se disculpó la mujer. Tenía noventa y siete años y ese día le temblaron las manos cuando adornó su pelo con las flores silvestres y los caracoles, que ahora caían en la arena.

OTROS TÍTULOS DE LA COLECCIÓN
NARRATIVAS HISTÓRICAS

Luna federal. Las mujeres que desobedecieron a Urquiza
Susana Bilbao

Cuyano alborotador. La vida de Domingo Faustino Sarmiento
José Ignacio García Hamilton

El informe. San Martín y el otro cruce de los Andes
Martín Kohan

Camila O'Gorman. La historia de un amor inoportuno
Marta Merkin

En nombre de Dios. La cruzada de un jesuita en tierra americana
Patricia Sagastizábal

Vida de un ausente.
La novelesca biografía del talentoso seductor Juan Bautista Alberdi
José Ignacio García Hamilton

Confesiones de un dandy.
El Buenos Aires de los '20 en el diario de un paseante
Danilo Albero

El fueguino. Jemmy Button y los suyos
Arnoldo Canclini

El traidor. Telmo López y la patria que no pudo ser
Horacio Guido

Felicitas Guerrero. "La mujer más hermosa de la República"
Ana María Cabrera

Memorias de Adriano
Marguerite Yourcenar

Las tierras exuberantes. En busca del Paraíso Terrenal
Miguel Betanzos

Las cuatro estaciones de Manuela.
Los amores de Manuela Sáenz y Simón Bolívar
Victor Von Hagen

El cronista perdido.
La historia oculta de Francisco Pizarro y la conquista del Perú
Hugo Müller

La voz de la Revolución.
Juan José Castelli, gloria y ocaso de un jacobino americano
Jorge Zicolillo

Lo dulce y lo turbio. Crimen y castigo de Don Pedro de Mendoza
Esteban Cabañas

Mis olvidos. Lo que no dijo el general Paz en sus Memorias
Dalmiro Sáenz

El corazón de piedra verde
Salvador de Madariaga

La Perricholi. Una reina para Lima
Bertrand Villegas

La Condoresa. Inés Suárez, amante de don Pedro de Valdivia
Josefina Cruz de Caprile

Dominga Rivadavia. Entre la pasión y el escándalo
Eduardo Gutiérrez

El corsario del Plata.
Hipólito Bouchard y su viaje alrededor del mundo
Daniel Cichero

La fiebre del mate. Contrabando de yerba en el Virreinato
Hugo Müller

La última carta de Pellegrini
Gastón Pérez Izquierdo

Matar al Virrey. Historia de una conspiración
Miguel Betanzos

Hijo del Sol. Túpac Amaru, el último inca
Daniel Mastroberardino

María Josefa Ezcurra. El amor prohibido de Belgrano
Carmen Verlichak

Juan de Garay. El conquistador conquistado
Josefina Cruz de Caprile

La Peñaloza. Una pasión armada
Marta Merkin

La patria de las mujeres.
Una historia de espías en la Salta de Güemes
Elsa Drucaroff

El amante de rojo.
Una historia de cuando Buenos Aires fue británica
Alejo Brignole

La emperatriz del adiós
Miguel de Grecia

Cristián Demaría. Más allá de Felicitas
Ana María Cabrera

Amadísimo patrón. Eugenia Castro, la manceba de Rosas
Susana Bilbao

Los cautivos. El exilio de Echeverría
Martín Kohan

Remedios de Escalada.
El escándalo y el fuego en la vida de San Martín
Silvia Puente

Sissí. La novela de Elizabeth, emperatriz de Austria
Agnès Michaux

Jaque al Virrey. Memorias curiosas de la Revolución
Jorge Higa

Don José. La vida de San Martín
José Ignacio García Hamilton

Emiliana Castro. La mujer que burló a la Mazorca
Martha Edith Silva

Américo Vespucio. Hacia un mar de siete colores
Miguel Betanzos

La Ñusta Ortiz.
Vida y amores de una princesa inca
Julio A. Sierra

Vieytes, el desterrado
Francisco N. Juárez

Trinidad Guevara.
La favorita de la escena porteña
Carmen Sampedro

El delicado umbral de la tempestad.
Cuestiones de un general inglés
Jorge Castelli

Composición de originales:
G&A

Esta edición de 8.000 ejemplares
se terminó de imprimir en
Artes Gráficas Piscis S.R.L.,
Junín 845, Buenos Aires,
en el mes de julio de 2001.